JN074513

もふもふを
vol.9
知らなかったら人生の半分は
無駄にしていた

主な登場人物
ユータ
日本の田舎から異世界に転生した少年。領主であるカロルスに助けられ、ロクサレン家の子どもとして生活している。
モモ
ユータが召喚したフラッフィースライムで、召喚獣たちのお姉さん的存在。
アレックス
ユータと同部屋に住む学校の先輩。終始軽いノリで話をするが、面倒見がよく、いろいろな面に気がつく。
テンチョー
ユータと同部屋に住む学校の先輩。長男気質の硬派な学生で、融通の利かないところがある。

シロ
ユータによって召喚された白銀の犬(?)。優しい性格で、ハンバーグが大好物。
ラピス
深い青色の瞳と真っ白な体毛を持つ、手のひらサイズの天狐。
チュー助(忠助)
短剣に宿った下級精霊。ユータの魔力を勝手に使って具現化したものの、ユータが変な想像をしたせいでねずみの姿になった。
ガウロ
王都の近衛歩兵の副隊長。豪放磊落な熱血漢だが、意外と頭脳派な一面も。

CONTENTS

1章	火の山へ	003
2章	チュー助	059
3章	ユータの身体強化	104
4章	新たな召喚と、成長する器	129
5章	地下を駆け抜けろ	146
6章	あたたかな日常と仲間	191
7章	王都からの使者	235
8章	めぐりゆくお礼	275

もふもふを知らなかったら人生の半分は無駄にしていた

vol. 9

ひつじのはね

イラスト
戸部淑

1章　火の山へ

朝の透明な光が、白銀の毛並みをきらきらと照らしている。ぼんやりとした視界一面を埋めるそれは、オレよりずっとゆったりと膨《ふく》らんで、沈む。その都度《つど》細やかな光が煌《きら》めく様《さま》は、いつまでもこうして微睡《まどろ》みながら眺《なが》めていられそうで――。

「おはよ！　なあ、ユータは……ちゃんといるな」

部屋の扉が開閉する音と、覚えのある声。タクトはそっと扉を開けることもできたらしい。おっと、早く起きているよと示さなくては、心臓に悪い起こし方をされてしまう。

「タクト、おはよう～。そんなに心配しなくても、ユータは大丈夫だと思うよ～」

名残惜《なごりお》しくシロの毛並みに顔を埋めていると、そんなラキの声が聞こえた。タクトが心配？　オレを？　どういう風の吹き回しだろう。

「大丈夫じゃねえだろ。こいつ、しょっちゅう行方不明になるからな。実力はあんのに頼りねえし、ちゃんと見といてやらねえとどうなるか――」

ひょい、と懸垂《けんすい》の要領でベッドを覗《のぞ》き込まれた。背中を向けていてよかった、びっくりしたオレと目を合わせてしまうところだ。まさかそんな風に考えていたなんて。２人には過去に人攫《さら》いに遭《あ》ったことも話しているし、エルベル様のところへ行ったことも、囮《おとり》作戦も知っている。それに加え、先日のサイア爺《じい》やマーガレットの件が追い打ちをかけたみたい。授業までサボっちゃったもんね。少々不満のある評価ではあるけれど、心配……かけていたんだな。

「ユータ、反省してね～。タクトは結構心配してたんだから～。……それに、僕もね～？」

「「えっ⁉」」

起きてたのバレてる⁉　そうっと振り返ると、目の前の驚愕《きょうがく》した顔がじんわりと染まった。オレまで恥ずかしい……どうして今バラしたの！　決まり悪く無言で視線を逸《そ》らしたオレたちに、心配かけたお仕置き、なんてラキの含み笑いが聞こえた。

「――それで、ユータは次の休みはどうするの～？　家に帰るんでしょ～？」

「うん、次のお休みは大型連休でしょう？　お出かけするんだ！」

「へえ～いいな！　俺はこの間も行ったしな。エリもママさんも元気だったし、もう心配なさそうじゃねえ？　父ちゃんは今忙しい時期だし……金もかかるからやめとこうかな」

帰ったのって結構前の話だと思うんだけど、この世界ではそんなものらしい。エリちゃんはエリちゃんでキャロやリリアと楽しそうだから、もしかしてそれを気遣《きづか》ってるのかな。タクトは色々と鈍感だったり抜けているけど、意外なところで気を回したりする。

「僕も帰らない予定～。ねえタクト、パパさんが忙しいなら、ちょっと相談なんだけど――」

どうやらラキは加工師としての修業を兼ねて、何か手伝わせてほしいらしい。

「でもさ……うち、ラキに報酬《ほうしゅう》払えねえと思う」

「いらないよ！　むしろ僕の方こそ、勉強代を払うのは難しいんだけど～」

この分だと休み中ラキとタクトは一緒にいられるみたい。それを聞くとなんだか仲間外れみたいで少し寂しくなってくるなあ。

「ふふん、ユータが追いつけないぐらい、2人で依頼もこなしておいてやるよ！」

腕組みしてオレを見下ろしたタクトに、すかさずラキが釘《くぎ》を刺した。

「それもいいけど、また長期依頼をこなせるように勉強も頑張《がんば》ってもらうよ～！　なんせ僕、タクトの家にいるわけだし～？」

得意げだったタクトの顔が、絶望に染まった。

＊＊＊＊＊

「こんにちは～」

「おう、ラキこっちだ！　荷物はその辺に置いとけ」

「うわあ……いいなあ～。こんな炉《ろ》がある家なんて素敵だな～」

工房へ入った途端《とたん》、ぐっと上がった気温と独特の匂いに、ラキがうっとりと目を細めた。

タクトが住むのはごく小さな工房兼住宅だ。雇い主が鍛冶《かじ》職人に安く提供しているらしい。

個人でできる作業はここで、大量生産や共同作業は別の工房へ出勤して行うそうだ。

「これがそんないいもんか？　ひとまず俺の部屋に……って、なんでそんな荷物多いんだ？」

ラキの大荷物に呆《あき》れた視線が注がれる。泊まり込みといっても、必要なものなど下着の替えくらいだろう。タクトが訝《いぶか》しげに首を傾《かし》げた。

「だって加工の道具がいるし～。それに……これもいるでしょ？」

にっこりと微笑んで取り出された教科書に、タクトの顔が引きつった。こいつ、マジで持ってきやがった。休みの日に勉強するなんて、バカじゃねえの……。タクトの内心を知ってか知らずか、いや確実に知りつつラキの笑みは深くなる。

「ちゃんと先生に苦手なところ聞いてきたから安心して～？　魔法史と魔法薬の試験、どうだったかな～？　試験に落ちたら依頼なんてこなせないよ～？　休みの間は集中的にやろうね～？」

「ち、ちくしょう！　俺……なんで、なんでユータと一緒に行かなかったんだ……！」

後悔先に立たず――。タクトはがっくりと肩を落として蹲《うずくま》った。

＊＊＊＊＊

「──楽しみだねえ！　どこに行くんだろう？」

「ムゥ！」

ウキウキしたムゥちゃんが、オレの言葉にいちいち元気に手を上げて答えてくれる。

首から下げたムゥちゃんポケット。お守り袋みたいなそれは幻獣《げんじゅう》店シーリアさんのお手製で、ルルのお古だと言ってオレにくれたんだ。旅行なら一緒に行けるね！

ラキが馬車乗り場まで見送るもんだから、オレは仕方なく馬車でヤクス村まで帰っている。

門まで迎えに来てくれていた執事さんに飛びつけば、柔らかく受け止めてくれた。

「ちゃんと馬車で帰ってきましたね。最近は転移ばかりなので、少し心配していましたよ」

ラキ、グッジョブ！　冷や汗を掻《か》きながら笑って誤魔化《ごまか》すと、手を繋《つな》いで歩き出した。

「ねえ、お出かけするんでしょう？　どこに行くの？」

「それはカロルス様から教えてもらいましょうか。きっとユータ様が喜ばれる場所ですよ」

「そう？　楽しみ！　執事さんも一緒？」

オレはどこでも嬉《うれ》しいよ！　だってみんなと旅行なんて滅多《めった》にできないんだから！

「いえ、そう頻繁に館《やかた》を留守にはできませんから、私は残りますよ」

だから私がお迎えに――と小さく呟《つぶや》いた執事さん。そうなのか……長く館を空けるから？　でも、執事さんだけ楽しめないなんて……。思わず、カサカサした手をきゅっと握った。

「一緒に、行きたかったね……」

ハの字眉になって見上げると、執事さんは片手で半分顔を隠した。

「……いえ、私はもういい年ですから、館でゆっくりする方が性《しょう》に合っているんですよ。お気遣いありがとうございます」

ややあって答えると、そっと微笑んでオレの頭を撫《な》でた。

「あのね！　じゃあ、お土産《みやげ》は何がいい？　オレ、執事さんの好きなもの買ってきてあげる！」

ちょっとしょんぼりしたけど、その代わりいいものを買ってきてあげよう！　そう思いついて目を輝かせた。オレ、ちゃんと冒険者でお金を稼《かせ》いでいるもの！

「え？　いえいえ……そんな、勿体《もったい》ない。どうぞお気になさらず」

案の定遠慮する執事さんに、ここで引いてなるものかと前へ回った。

「教えてくれないと、高価なもの買ってくるよ！　何がいいかこっそり教えて？」

サッと両手を上げると、執事さんは困惑しつつ、意図を汲《く》んでふわりと抱き上げてくれる。

「ねえ、何がいい？　食べ物？　珍しいもの？　高価なのがよければ、それでも大丈夫！」

ほらほらと首元にしがみついて耳を寄せると、ふ、と笑った雰囲気があった。

「……これは参りました。ユータ様も駆け引きをするようになりましたね」

落ち着いたトーンの声が、少し楽しげな響きを伝えてくる。だって執事さんは普通に聞いても、きっと答えてくれないもの。

「かしこくなったんだよ！」

笑って間近な瞳を見つめると、執事さんは参りましたと片手を上げた。

「じゃあ、何にする？」

再び耳を寄せると、こつんとおでこがぶつかった。ため息交じりの苦笑がオレの頬《ほお》を掠《かす》める。

「やれやれ、本当に……仕方ないですね。では、その地方の名産の団子を1つ、お願いします。

ユータ様もぜひご賞味下さいね、とても美味《おい》しいですから」

観念した執事さんに、オレは満面の笑みを向けた。

館に到着すると、いつものごとくマリーさんが滑り込んでくる。華奢《きゃしゃ》な腕がぎゅうっとオレを閉じ込めた時には、執事さんははるか離れた場所まで移動していた。さすがAランク……！

「お帰りなさいませっ！　ああユータ様、お久しぶりにございます！」

こないだ会ったよ？　全然お久しぶりじゃないし、ムゥちゃんが潰《つぶ》れちゃう！

なんとかマリーさんから逃れると、早く発ちたいオレをよそにみんな思い思いに寛《くつろ》いでいた。

ソファーに腰掛けると、シロたちも出てきて思い思いに過ごしている。まだ出発しないの？

『ラピス、俺様の側《そば》にいて！　怖い人がいるから！』

――怖い人なんていないの！　チュー助ももう少し鍛えるの！

チュー助は、常に執事さんから一番離れたポジション取りをしているようだ。

「あ～シロっていいなあ。僕も従魔契約とかできないかなぁ……」

「お前、従魔契約できてもフェンリルは無理だろ」

寝そべったシロにしがみついてうっとりしているのはセデス兄さん。

「はあ……癖《くせ》になりそうよ」

モモとティアを両手のひらに乗せて、交互に頬ずりしているのはエリーシャ様。その後ろではどうやらマリーさんが順番待ちをしているようだ。

『……トゲが、生えてる』

「……髭《ひげ》だっつうの」

蘇芳《すおう》はカロルス様の髭に興味津々《しんしん》だ。だらしなく座るカロルス様の胸元に乗り上げ、そおっと髭に触れてはビクッと手を引っ込めている。地味にカロルス様が傷ついているみたいだから、やめてあげて……。

なんだかふれあいパークみたいになってしまってるけど、お出かけするんだよね!?

「そう、そうよね……遠いもの、もう出た方がいいわよね……」

とても名残惜しげな面々だけど、お望みとあらば馬車の中で続きをどうぞ？

「ねえねえ！　それでね、どこに行くの？」

興奮を抑えられなくなってきて、ぴょんぴょん跳ねてとんぼを切った。

「今回はね、サラマンディアまで行くんだよ！　僕も行ったことないから楽しみだよ」

「サラマンディア？」

聞いてみたものの、やっぱり分からない。ある程度の地名は学校で習ってはいるんだけど。

「サラマンディモンって山は知らない？　サラマンディアはその山麓《さんろく》の街だよ」

「うーん……あ！　火山のお山？　じゃあ、火山の麓《ふもと》に行けるの!?　うわあ、楽しみ!!」

確か活火山で独特の生態系だと習ったはず。溶岩だって見られるらしい！　早く行こう、と駆け出そうとしたところで、カロルス様の悲鳴が聞こえた。

「ゆ、ユータ！　緊急事態だ！　こいつをどけてくれ！」

「えっ？　蘇芳がどうしたの!?」

『スオー、どうもしない。トゲを抜いてあげてる』

慌《あわ》てて振り返ると、蘇芳の器用な手がプチリと何かをむしっていた。

「いってぇー！　地味に痛ぇ!!」

『がまんする。痛いのは抜く時だけ。刺さってたらずっと痛い』

ぴたりと貼りついた蘇芳の器用な手が、熱心にカロルス様の顎髭《あごひげ》に手を伸ばしていた。

「刺さってねえ!!　トゲじゃねえっつってるだろー！」

蘇芳、いつの間にかカロルス様と仲良しになったんだね。オレは微笑ましく視線を和《やわ》らげると、馬車に乗るべく駆け出した。


「――サラマンディアまで、どのくらいかかるの？」

みんなをせっついて馬車に乗り込むと、そこにあった荷物を片っ端から収納に詰め込んだ。荷が軽い方がきっと早く着くもんね！

「おいおい、全部入れるのはよせ！　そうだな、この馬車なら丸2日ぐらいだな」

カロルス様はひょいとオレを拾い上げると、しきりと顎を撫でながら座席へ座った。それは遠い！　貴族用の馬車は速いし、寄り道しないから乗合馬車とは段違いの速さで進むのに。ちなみに、普通は馬を休めつつ行かなければいけないのだけど、裕福な貴族だと回復薬を与えながらトップスピードを維持して行くらしい。つまり、オレが回復すれば馬たちは疲れ知らずでぶっ飛ばせる！　馬が走るのを嫌がるなら無理だけど、回復するだけなら問題ないだろう。

「オレ、お馬さんの回復担当するね！」

「うふふ、そんなに急がなくても、馬車の中でゆっくりお話しするのも楽しいわよ」

ふわっと体が浮いて、エリーシャ様のお膝《ひざ》に着地した。

「ユータちゃんはいつも頑張りすぎだから、馬車ではたっぷり甘やかすって今決めたわ」

きゅうっと抱きしめられると、どこもかしこも柔らかで、まるでお布団に包まれてぬくぬくするような心地だ。だけど……カロルス様に甘えるのは平気だけど、エリーシャ様に甘えるのって、もじもじしてしまう。すごく甘えん坊みたいで、気恥ずかしい。

「それ、母上が甘えたいんじゃないの？」

セデス兄さんの呆れた視線に、エリーシャ様は華やかに笑った。

「そうね！　それでいいわ！　ユータちゃん、私、とーっても甘えたいの。だから、今日だけはいいでしょ？　馬車の中なら私たちしかいないんだし、ね？」

ダメ？　と瞳をうるうるさせたエリーシャ様に、オレは顔いっぱいで笑って抱きしめた。

「いいよ！　オレ、エリーシャ様をいっぱい甘やかしてあげる！」

「まあ、ありがとう！　ユータちゃん、優しいわ～」

いい子いい子、とたっぷり撫でてくれ、なんだか赤ちゃんになったみたいでくすくす笑った。

恥ずかしいけど、これはエリーシャ様のためだから。花のような香りに包まれ、カロルス様とは全然違う柔らかな肌にほっぺを寄せて、ふんわり笑った。

――そよそよと心地よい風がまつげをくすぐった。ごろりと寝返りを打つと、胸元までかけられていた布が滑り落ち、途端にひやりとした空気に包まれる。

「ムゥーー」

どうやら胸の上にいたらしいムゥちゃんも、ころころと転がり落ちてしまった。寒い、と顔をしかめて目を開けると、スカッと青い空に白い雲。いつの間にか休憩所に着いている。

「あら、ユータ様目が覚めました？」

布をかけ直そうとしたマリーさんが、にっこりと微笑んだ。どうやらシロを枕に草原で熟睡していたらしい。もうお昼？　いや、むしろお日様はてっぺんから過ぎてしまっている。

「あーー！　ユータ起きた？」

大きな声を上げ、セデス兄さんが馬車の方から駆けてきた。

「ユータ、僕お腹すいちゃったよ！　早く出して出して！」

「わっ！　ちょっ！　待って！　止めて！」

激しく上下に振られて舌を噛《か》みそう。振っても出てこないから！　なんとかシェイクを逃れて保存食を取り出すと、にっこり笑って首を振られた。

「ユータがいるから保存食はいらない！　あんまり時間ないから簡単なものでいいからね！」

何その亭主関白みたいな台詞《せりふ》。手伝ってもらうよ？　じとりと向けた視線には無邪気な笑みが返された。ジフのお弁当もあるのだけど、これはもっと短い休憩の時用に残しておこう。

「――ねえ、あとどのくらい？」

湯気を立てるお椀《わん》を抱え、ふうふうと冷まして匙《さじ》を口へ運んだ。手早く作って食べるなら、具だくさんにした保存食雑炊《ぞうすい》が一番だ。ムゥちゃんが祈祷《きとう》よろしく鍋の上で葉っぱを振っていたので、きっと回復効果もあるだろう。

「最初の宿場まであと少しだ。もう寝るなよ？　夜眠れなくなるぞ」

「もう眠くないから大丈夫！　宿場って何があるの？」

がつがつと掻き込むカロルス様の横に、足りないだろうと干し肉を積んだ。

「何もないぞ！　宿とちょっとした店があるくらいだ」

干し肉はいらんと押し戻されたので、仕方なく秘蔵の唐揚げを置くと、電光石火の早業でなくなった。ふむ、じゃあこれだ。追加した唐揚げが再びカロルス様の口へ消えていき――。

「む……？　これ肉じゃねえな？」

カロルス様が胡乱《うろん》げな視線を寄越した。バレたか。それはカロルス様のために、お野菜をそれっぽく唐揚げにできないか試行錯誤してる……途中のものだよ。

「これも唐揚げだよ？　美味しいでしょ？」

「マズくはないが……肉じゃねえ」

そりゃそうだ。豆やら根菜やら色々入った塊《かたまり》だもの。でも、鳥肉ミンチも少し入ってるよ？

さしずめお野菜ボールの唐揚げだろうか。カロルス様はちょっぴり不満そうな顔をしつつも、手を止めることなく食べていた。うむ、まずまずの成果かな。

休憩所を出発してから、一生懸命外を眺めていてふと気がついた。

「これ、別に馬車に乗ってなくてもいいよね？　オレ、外走ってもいい？」

もちろん、走るのはオレじゃなくてシロだけど。

「いけませんよ、魔物や賊《ぞく》が出るかもしれませんから」

メッと指を立てて怖い顔をしたマリーさんに、そうなれば気の毒なのは襲った方だと心の底から思う。何が悲しくてAランクが詰まった馬車を襲わなきゃいけないのか。

「すぐ横を走るから大丈夫だよ！」

「でも……転んで怪我《けが》でもしたら……」

それは冒険者に言う台詞じゃないよね!?　マリーさんの中では魔物も賊も、転ぶのと同程度の認識らしい。

「危なくなかったらいいでしょう？　じゃあ、アリス、イリス、ウリス、エリス……」

ぽんっ、ぽんっぽぽぽぽ……

「おわっ！　ユータ、待て待て‼　これ以上呼ぶな！」

早口でクリスまで来たところで、カロルス様のストップが入った。馬車の中は管狐《くだぎつね》まみれ。まだ呼んでいないのに、寂しくなったらしいクリス以降もこそっと出現してきている。

「ユータ！　なんでこんなにいるの⁉　おかしいでしょ！」

「オレじゃないよ、ラピスの友達みたいなもの！　ね、これだけいれば走ってもいい？」

管狐部隊のど真ん中に陣取って走るオレ……なかなかの光景だ。若干守備に不安はあるけれど、攻撃に関しては一個中隊どころではないだろう。

「いいわけねえだろ‼　むしろダメだろ‼　戻せ戻せ！」

無慈悲な台詞に、せっかくこっちへ来たのに……と管狐たちが一斉に悲しい瞳でカロルス様を見つめた。

「うっ……！　そんな目で見るなっての。人に見つからなきゃ好きにすりゃあいいだろ」

「「「きゅう〜！」」」

喜んだ管狐たちの乱舞で視界が黄色い。エリーシャ様とマリーさんは大丈――うん、大丈夫じゃなかったみたいだけど、そっとしておこう。

「よーし、行くよっシロ！」

「ウォウッ！」

揺れる馬車からジャンプして飛び出すと同時に、オレからシロが飛び出して見事にキャッチ。驚いた御者《ぎょしゃ》さんが転げ落ちそうになったけど、手を振るオレに安堵《あんど》してくれたようだ。

躍動する体に、サラサラと心地よい被毛の手触り。少し冷んやりした風が、今はとても心地いい。遠くからやってきた風がオレたちを通り抜けて、服がはたはたと鳴った。

『気持ちいいねー！』

「本当、気持ちいいね」

目を閉じて仰《あお》のくと、まぶた越しにお日様を感じる。すう、と胸いっぱいに息を吸い込めば、色々な匂いがした。草原の草の匂い、お日様に温められた土の匂い、隣を走る馬車の油の匂い、馬の匂い。いろんなものの生きている匂いがする。

ああ、いいなあ。満足してシロの背中に伏せると、胸元でもぞもぞと抗議の声が上がった。

『主《あるじ》、見えない！　ちゃんと座って！』

寒いからとオレの襟元《えりもと》から顔を出したチュー助が、小さな手でぺちぺちとオレを叩《たた》いている。もう、それならそこから出ればいいのに。ラピスたちは上空で散らばって思い思いに過ごしているらしい。今日は旅行だから訓練はお休みだそう。モモとティアは寒いからと馬車の中でぬくぬくしているし、ムゥちゃんはマリーさんが預かってくれている。蘇芳はなぜかカロルス様を気に入っているのだけど、膝に座ってじーっと見つめられるカロルス様は居心地が悪そうだ。

「シロ、まだ火山の匂いはしない？」

『うーん。ぼく、どんな匂いか分からないの。でもね、多分今日お泊まりするところはもうすぐだよ！　いろんな人の匂いがするから！』

そっか！　宿場に着いたら、火山の植物や魔物について調べてみよう。そう考えるだけで、オレの小さな胸はどきどきと高鳴って、思わずぎゅうっとシロを抱きしめた。

「ユータ、戻っておいで！　そろそろ街道に人が増えてくるよ」

「はーい」

馬車に併走《へいそう》するシロからぴょんと中へ飛び込むと、セデス兄さんがキャッチしてくれた。

「わ、冷たい！　ユータ寒くなかった？　随分ほっぺが冷たくなってるよ？」

「寒くないよ！」

シロに乗っていると、乗馬ほどじゃないけど体力を使うから。その点、ルーだと完全リラックスしているので、全く運動にはならないと思う。

「ほら、おいで」

お膝に乗せてくれたセデス兄さんが、背中のマントを広げてオレを抱え込んだ。寒くないと思っていたけど、その温かさにほうっと息が漏《も》れる。

『あったかーい、くるしゅうないぞ』

チュー助がもそもそ胸元から出てきて、今度はセデス兄さんの襟元から中に侵入した。

「うわっ……もう、ネズミ君、勝手に人の服に入っちゃダメだよ」

『いえいえ、お気になさらず』

「気にするよ!?」

2人の会話に笑いながらぬくぬくしていると、どうしたことでしょう、あんなに眠くないと思っていたのに、視界がほやほやとしてくる。いい位置に体を落ち着け、セデス兄さんのあったかい服に顔をすりつけると、なんとも言えず満たされて全身の力を抜いた。

「ユー……あれっ？　今起きてたのに――」

そんなセデス兄さんの声が遠くに聞こえた気がした。


「…………あれっ……」

オレは体を起こすと、目をぱちくりさせて言葉を失った。

『そんなに寝たら、そのうち体が溶けるわよ』

そんな、スライムじゃあるまいし。モモに頬を膨らませてみたものの……どうもおかしい。

オレが寝たのは夕方のはずだったんだけど。

見慣れぬ窓から心地よいお日様の光が差し込み、空気はすんと澄んでいる。そして軽快に響くのはエネルギーに溢《あふ》れた鳥の声。……どう考えても、これは朝。

「いつ着いたの？　夕ごはんは……」

きゅう、と切なくお腹が鳴った。宿場に入るところも見られなかったし、図鑑も見られなかったし、夕食も食べ損ねた……。しゅんと落ち込んだ横で、ごそりと大きな気配が動いた。

「カロルス様。横にいてくれたんだ」

1人で夜中に目を覚ませば、きっと不安になるだろうと思ったのかな……覚めなかったけど。きっと両隣の部屋にはエリーシャ様とセデス兄さんがいるはずだ。

金髪を枕に広げ、案外いびきも掻かずに厚い胸が上下している。気持ちよさそうに眠る金獅《きんじ》子《し》を見ていると、オレのまぶたも重くなって、なんだかもう一度眠れそうな気分だ。

「――いやいや！　さすがに寝ないよ！　勿体ないよ!!」

ぶんぶん！　と頭を振ると、カロルス様の掛け物を直してあげて、ぴょんとベッドから飛び降りた。ふかふかの床で犬……いやフェンリルにあるまじきへそ天で寝ているシロに呆れた視線をやって、うんと伸びをする。

――ユータ、おはよう……。

目をしょぼしょぼさせながら、ラピスがティアの背中から顔を上げた。ラピスとティアは仲良くお互いで暖《だん》を取りながら眠っていたようだ。どちらもふわふわで気持ちよさそうだね。

「ラピス、まだ寝ていていいよ？　ここにいるから」

――分かったの……。

言いながらぽふっとティアを枕にすると、ティアがもすもすと位置を調整しておまんじゅうみたいに扁平《へんぺい》になった。オレはいつの間にやら着替えさせてもらっていた白い寝間着を脱いで、普段着に着替えた。カロルス様も同じようなゆったりした白い寝間着だけど、ズボンしか履いていない。上は寝ている時に脱いだのか脱げたのか、ぐちゃぐちゃになって落ちていた。ちゃんとボタンがついているのに、どうして脱げるっていうの。やれやれと拾い上げてオレの寝間着と一緒に畳《たた》んでおく。

もう明るいから、きっとみんなももうすぐ起きるだろう。それまで昨日できなかった図鑑のチェックだ。オレの持ち物をありったけ収納に突っ込んであるので、図鑑も教科書もなんでもござれだ。枕の上に乗り上げて、ご機嫌に足をぱたぱたさせながらページをめくる。

火山だと火魔法に相性のいい魔素《まそ》が多いんだろうな。だから、生態系もそっち方面に寄るんだろうね。サラマンディモンの名の由来である、火の精サラマンダーも多く見られるらしい。

「妖精は見たことあるけど、精霊は見たことないなぁ。楽しみだな」

確か、生命体の人間、半生命の妖精、精神体の精霊、だっけ。

『見たこと、ない……？』

寝ているとばかり思っていたチュー助が、なぜか体を起こして驚愕の目でオレを見ていた。

「うん、オレ精霊って見たこと――」

ハッ……!?

「な、なーーんて!! 精霊はいつも見てるんだけど、火の精霊って見たことないなーって!!」

『そっか、火の精なんて辺りにいないもんな！』

納得してもしょもしょ髭を動かしたチュー助が、再びこてんと横になった。オレはこっそり額の汗を拭《ぬぐ》う。あ、危ない……すっかりチュー助が下級精霊ってこと忘れていたよ。

図鑑を眺めていると、腹の虫が激しく自己主張し出した。カロルス様はまだ目覚めない。

「エリーシャ様なら、起きているかな」

セデス兄さんは絶対に寝てる。お腹は空いたし1人で過ごすことに飽きてきたオレは、とりあえず隣の部屋に行ってみようと、そっとドアへ向かった。

「……どうした。どこへ行く？」

掠れた低い声に驚いて振り返ると、熟睡しているとばかり思っていたカロルス様が、片目でこちらを見つめていた。ごろりとうつ伏せると、片肘をついて気怠《けだる》げな視線を寄越す。フェロモンって寝ている間に溜まるのだろうか。乱れた金髪を無造作に掻き上げ、だらしなくあくびするのさえ様になる。オレは思わずムッとして片手を突き出した。空気の入れ替えしなきゃね！

「カロルス様、おはようブリーズ!!」

「はっ？　うおーーっ!!　寒みぃ！　やめろっつうの!!」

にっこり笑って、寝覚めのいい冷たいそよ風をプレゼントする。

「ブリーズじゃねえよ！　そりゃブリザードだ!!」

おや、ちょっとばかり気合いが入ってしまったようだ。慌てて布団にくるまったカロルス様に、少しばかり溜飲《りゅういん》を下げてとことこ歩み寄った。

「この野郎！　完全に目ぇ覚めちまったろうが！」

ブツブツ言いながらばさりと布団を投げ捨てると、またもや無駄《むだ》に漂う男の色気が……。もう一度、強めのブリザ……ブリーズが必要だろうか。

「ユータ、俺の服くれ」

伸びをしたカロルス様に、用意しておいた服を投げ渡す。ちゃんと顔を狙ったのに、なんなくキャッチされるのが腹立たしい。

「セデス兄さん！　お腹空いた！　着替えて着替えて！」

「ぐっはぁ!?」

セデス兄さんは当然ながら熟睡していたので、倒立前転からの宙返りで、どすりと腹の上に跨《また》った。ちなみにエリーシャ様は起こすまでもなく身だしなみを整えており、ひとしきりほっぺすりすりを受けてきたところだ。

「ゆ……ユータ……僕を起こしたいの？　それとも永遠に眠らせたいの……？」

ふるふると身悶《みもだ》えるセデス兄さんは、無事に目が覚めたようだ。オレは満面の笑みでぐいぐいと引き起こそうとする。大丈夫、セデス兄さん見た目によらず頑丈だから！

「早くごはん食べに行こ！」

「ちょっと待って……ユータも少しは大きくなってるんだね……ダメージが以前の倍になった気がする……」

貴族用の食堂にみんなが揃《そろ》った時、すっきりした顔のエリーシャ様たちと比較して、男性陣はなんだかげっそりとしていたのだった。

「あのね、今度は途中で寝てたら起こしてね！　着いた時は絶対だよ！」

「はいはい、でも昨日だって起こしたんだからね？」

「だけど起きてなかったよ！　起きるまで起こしてほしいの！」

セデス兄さんと禅問答のようなやり取りをしつつ、馬車の窓に齧《かじ》りついた。遠ざかる宿場を見ようと必死なオレを見て、マリーさんがくすくす笑った。

「うふふ、ほっぺが潰れてしまいますよ。宿場も、ユータ様には面白いのですね」

「オレにとっては珍しいよ！　冒険者になったら何度も来るのかな？」

「そうですね。あのような貴族用ではありませんが。ユータ様は貴族用に泊まって下さいね」

なぜ⁉　それじゃ依頼料が全部飛んでいってしまいそう。そういえばマリーさんも冒険者として活躍していたんだよね！　オレは目をきらきらさせてマリーさんの膝を揺さぶった。

「マリーさん！　オレ冒険者の時のお話が聞きたい！」

「え？　え？　マリーのお話を？　も、もちろんですとも！　何をお話ししましょう⁉　ユータ様のためなら国家機密から隣国の内部事情まで！　なんでもどうぞ‼」

さあ！　と張り切るマリーさんに思い切り首を振る。やめて、オレの寿命が縮んじゃう。

「う、ううん！　オレが聞きたいのは冒険者のお話！　ほら、サラマンディアだと火の精霊がいるんでしょう？　どんなのかなとか、どんな依頼が多いのかなとか。そこへ行くついでに依頼がこなせるといいなと思って！」

「まあ！　ユータ様はしっかりしてらっしゃいますね！」

促されるままに隣へ腰掛けると、マリーさんはオレの質問責めに嫌な顔ひとつせず丁寧《ていねい》に答えてくれた。何を聞いてもさらりと答えてくるところは、さすが冒険者としての経験が違うなと感じる。ただ、同じAランクでもカロルス様なら「知らん！」って言うだろうけど。

「――そっか、火の精霊にも色々あるんだね」

「ええ、形を保てないのは雑魚《ざこ》、意思もないものが多いですよ。魔物と大差ありませんから気をつけて下さいね？　きちんと生き物らしい姿で『生きている』ものほど上級精霊ですね」

チュー助はきちんと飲み食いするし、生き物として生きているけど下級精霊なんだろうか？

――チュー助も本当は姿形がないものだったの。

あ、そうか……あの姿はオレが具現化したせいか。下級だと魔力に惹《ひ》かれて寄ってくることがあるので危ないいんだって。そういう精霊のかけらみたいなものは、簡単に討伐《とうばつ》はできるけれど、ただの火なので素材があるわけもなく、魔石すら手に入らないので倒し損だそう。

「なんせ火ですから、近寄られると色々と燃えます。とても鬱陶《うっとう》しいですよ」

そ、そう……。オレの想像する精霊さんと少し印象が違うかもしれない。下級といえども火の精なんだから、もっと美しくて神々《こうごう》しいものを想像していたのに。マリーさんのお話から想像するのは、なんだか小バエみたいな……。

「今回は麓の街の予定でしたが、山の方もご覧になりたいのですか？　草木も生えていませんし、あまり素敵な場所ではないのですが……」

「うん!!　もちろん行きたい!!　ぜったい行きたい！」

オレは大急ぎで返事をした。せっかく来たんだもの！　まあダメでもこっそり行くけど。

「どうしましょうか……あまり安全なところではありませんし……」

「だけど見てよあの顔。連れていかなきゃ、勝手に行くと思うよ？」

セデス兄さんがそう言ってちらっとオレを見た。悪い顔をしていたオレは、慌てて頬を引っ張って誤魔化す。

「危ないっつっても冒険者なら普通に行く場所だろ。散歩ついでに回ってみるか」

「そうねえ、1人で行っちゃうと困るし、私も加温草《かおんそう》が欲しいわ。ユータちゃん、一緒に行くから1人で行動しちゃダメよ？」

「うん!!　約束だよ！」

や、やったー!!　これで大手を振って火山に行ける!!　オレは渾身《こんしん》の笑みでバンザイした。


「――予定よりだいぶ早いな。大したもんだ」

回復やら点滴魔法やらフルコースでお馬さんに振る舞ったせいか、想定外のスピードで旅程が進んでいるみたい。大きな手がわしわしとオレを撫でた。

「遠くに来たんだね。お外の景色が違う気がするね」

どう言ったらいいんだろう、外国に行った時のような違和感と言うのかな。きっと、無意識に認識していた馴染《なじ》みのある植物や鉱物の割合が減っているんだろう。周囲に人影はなく、延々と続く街道と、勾配《こうばい》のある丘陵地帯が広がっていた。

『匂いが違うね！　変な匂いがするよ！』

「そうなの？　それが火山の匂いかな？」

『そうなのかな？　でも、それならぼく、ゆーたの中に隠れてる。ちょっと匂いが強いかも』

シロがすぴすぴと鼻を鳴らして複雑な顔をする。そっか、火山っていろんなガスが出ているって言うし、臭《くさ》いのかな。ティアは見た目が小鳥だけど……ガスとか大丈夫かな？

「ピピッ！」

問題ない！　とのお墨《すみ》つき。さすが、世界を見る世界樹の目だね。

本来道中でもう1泊野営か宿場を考えていたみたいだけど、かなりいいペースで進んでいるので夜までぶっ飛ばそうという方針に変わったみたい。一旦馬車を止めると、ここぞとばかりにジフ特製のお弁当を取り出した。

「ユータ、弁当食ってすぐ出るぞ」

「……それ、大きすぎない？」

おかしい。オレの知っているお弁当じゃない。オレの目の前にあるのは確かにお弁当だ。マリーさんの前にあるのも、まあ成長期の男子高校生の弁当だと思えば……。でも、それ以外は絶対にお弁当ではない。セデス兄さんとエリーシャ様の前にあるのは、お盆サイズで3段になったお重。カロルス様はその倍。みるみる減っていくそれはどこに消えているのだろうか。

「お前、そんなネズミの弁当みたいなので、よく生きていられるな」

「ち、違うよ！　おかしいのはオレじゃないの、カロルス様だよ!!」

「何言ってんだ、みんなもっと食ってるだろうが」

おかしい、オレが正しいはずなのに……!!　オレは納得できない気分で卵焼きを頬ばった。


「ユータ、起きていたいんでしょ？　もうすぐ着くよ」

昼食後って本当に魔の時間帯だ。お腹いっぱいで心地よくて……。セデス兄さんの声でハッと顔を上げると、たらりとよだれが顎を伝った。寝てない！　ぎりぎりセーフ。

ごしごしと口元を拭って窓に張りつくと、案外背の低い山と、街並みが見えてきていた。

「やった！　着いた！　ちゃんと起きてたよ！」

「ちゃんと……ね」

セデス兄さんの含み笑いが気に障《さわ》るけど、今回は街に入るところから見ていられる！　オレは両側の窓を行ったり来たり、ケージの中のネズミのようにせわしなく景色を追った。

「俺の目が回るっつうの！」

もう！　あっちもこっちも見ていたかったのに、カロルス様に捕獲《ほかく》されてしまった。

「離して～！　お外見たいの！」

「見てもいいが、狭い中でうろうろするなよ」

こっちとあっちじゃ、見える景色が違うのに。ちょっとむくれつつ、オレは大人しく片側の窓に張りついた。徐々に近づいてくる街に、高まってくる興奮を抑えられそうにない。

「到着～！」

門をくぐる瞬間、みんなで声を上げてバンザイした。ついに！　街に入る瞬間に立ち会ったよ！　満開の笑顔でハイタッチして回るオレに、マリーさんとエリーシャ様は楽しそうに微笑み、セデス兄さんとカロルス様は苦笑した。


——到着はしたものの、辺りはすっかり真っ暗。すぐさま宿に連れていかれてしまって、オレは少々ふてくされている。

「せめてちょっとだけ街とかお山とか見たかったのに……」

「そんなこと言って、真っ暗で何も……ああ、ユータは見えるもんね」

そうか、みんなは見えないのか。真っ暗な中、オレのために出歩かせるのはさすがに申し訳ないと、渋々膨らんだほっぺを潰した。

「でも、せっかく着いたのに……もう寝ちゃうの？」

こんなそわそわした気分で眠れないよ！　……多分。しゅんとしてお部屋に向かっていると、エリーシャ様がくすくすと笑った。

「うふふ！　寝る前にちょっとだけ楽しめることがあると思うわよ？　できれば私も――」

「エリーシャ様！　ならば私もメイドとしての務めを今こそ……!!」

「2人ともダメ！　ちゃんと約束してきたんだよね？」

腰に手を当てたセデス兄さんに怒られて、2人がはい……と項垂《うなだ》れた。

「あの……2人には楽しいことがないの？　オレだけ？」

「ううん、行けば分かるよ。2人は……そっとしておいていいよ」

そ、そう？　促されるままセデス兄さんと手を繋ぎ、スキップしながら歩き出した。

部屋に荷物を置くや否《いな》や、みんなを急《せ》かして連れてきてもらったのは、1階の随分端っこだった。きょろきょろしてみても、側に2つのドアがあるだけの行き止まりだ。

「楽しいことって、ここ？　何があるの？」

いささかガッカリしながらエリーシャ様を見上げると、うふふとオレの頭を撫でた。

「この辺りはね、お水が豊富なのよ。それでね、火山があるでしょう？　この小さな街が人気なのは火山の産出物だけじゃないのよ？」

火山……お水……もしかして!?　目を輝かせたオレに、エリーシャ様は分かったかしら？　と、もう一度笑って片方のドアへ向かった。

「じゃあね、私たちが一緒なのはここまでなのよ。あんまり長くはしゃいでいると体に障るから、気をつけてね。あなた、ユータちゃんから目を離さないでね？　離さないでね!?」

「ああ……マリーもご一緒したいですが……ハッ！　むしろユータ様をこちらへ……？」

何か閃《ひらめ》いたようなマリーさんに、ふっと悪寒《おかん》が走って慌てて2人の背中を押した。

「行ってらっしゃい！　女性同士、話に花が咲いていいよね!!」

2人をドアの向こうへ押し込んでぱたりと扉を閉じる。ふう、これで一安心。そう思ったところで、一気にオレの全細胞のボルテージが最高点に到達した。

「ねえ！　カロルス様！　ねえ、温泉!?　温泉があるの!?」

壁を駆け上がって三角飛びでカロルス様に飛びついた。うん！　オレ、大興奮してる!!

「うおっ？　妙なはしゃぎ方すんな！　静まれ!!」

がしりと受け止められてじたばたすると、力任せに硬い腕の中に閉じ込められた。離して！　だって体がウズウズするんだよ！

「ふふっ！　ユータは好きそうだもんね。そうだよ、みんなで入れるお風呂だよ」

「本当？　うわぁ！　楽しい!!　入る!!」

「もう楽しいんだ……」

苦笑するセデス兄さんを先頭に、カロルス様に捕獲されたままドアをくぐった。すぐに脱衣所だろうと思っていたけど、そこから先にまたドアがあって、ようやく脱衣所になっているようだ。そわそわして先に浴場を覗きに行こうとしたけど、準備してからだと怒られた。

「お前は風呂が好きだからな、グレイがこういうのは喜ぶだろうってな」

カロルス様が、のろのろと服を脱ぎながら話した。普段より少しよそ行きの服は、装飾やボタンが多くてかなり面倒そうだ。しまいにはめんどくせえとボタンをかけたまま無理矢理脱ごうとする。手伝うから！　高そうな服が破れちゃうよ！

そっか、どうやら執事さんが旅行先を選定してくれたらしい。これはお団子だけで済ませるわけにはいかなくなってきた。でもせっかく選んでくれたのに、執事さんはどうして来なかったんだろう。そう思いながら、カロルス様の脱ぎ散らかした服をまとめていてハッとした。そっか、エリーシャ様のためか……。執事さんが来るならマリーさんが残ることになるもんね。

「ユータ、ユータ！　ちょっと待って！　これ着て！」

ペペッと全部脱いで、いざ行かん!!　と飛び出そうとしたら、慌てて腕を掴《つか》まれた。

「……？　お風呂じゃないの？」

渡された薄布《うすぬの》に困惑していると、せっせとセデス兄さんが着せてくれた。

「他の人たちもいるんだよ？　裸で入っちゃダメなんだよ」

そうなのか……湯帷子《ゆかたびら》みたいなものかな？　着せられたのはどことなく懐かしい、しかしものすごく簡単な作りの浴衣《ゆかた》もどきだ。子どもが雰囲気だけで作ったらこんな風になるかなっていう浴衣（？）だね。こんな薄布だとお湯がかかったら完璧に透《す》けるだろうに、それでも着ている方がいいんだろうか。ところが、さあ行こうと振り返れば２人は腰巻き１枚だ。浴衣もどきと同じ薄手の布をぐるりと腰に巻き、紐《ひも》で結んでいた。

「えー！　どうしてこれ着ないの？　オレだってそっちがいいよ！」

「……えーと……15歳以上になったらこっちになるんだよ。それまでは我慢だね」

ちょっと目を逸らして言ったセデス兄さんに疑問の眼差《まなざ》しを向けつつ、今は早く浴場に行く方が先だ。まあいいかと、オレは２人をぐいぐい引っ張って浴場の方へ歩いていった。

「わーっ！　広い!!　すごーい!!」

オレは小脇に抱えられてバタバタと手足を動かした。浴場に入る直前、危険を察知したカロルス様に抱えられてしまった。そりゃあこの光景を見ちゃったら走り出すと思うけど！

「へえ、素敵だね！　さすがグレイさん、この宿で正解だよ」

出入り口付近は簀《す》の子のようだったけど、広々とした奥は一面黒い石畳になっていた。もうもうと白い湯気の中、濡れた石が黒く艶《つや》めいてとても美しい。しばしうっとりと湯気の帳《とばり》が揺らめく様を眺めていたら、薄布を通り過ぎる風に、ぶるりと体が震《ふる》えた。

「さむっ……あれ？　ここ露天風呂？」

どうやら奥は外と通じているようで、湯気の向こうから冷んやりした風が吹いてくる。オレの目なら外の景色が見えるはずだ！

「向こう行きたい！」

思い切り暴れてみたけれど、鋼《はがね》の腕がその程度で揺らぐはずもない。

「ユータ、お魚みたいだよ！　ピチピチしてる！」

人の気も知らずに腹を抱えて笑われ、オレはセデス兄さんを睨《にら》んで荒い息を吐《つ》いた。

「ちゃんと洗ってからな！　走らない、泳がない、飛ばない、回らない、とにかく暴れないなら離してやるぞ」

「うん！　大丈夫！」

即答すると、ほんとかよ……と呟かれつつ拘束を解いてもらった。すぐさま洗い場へスライディングすると、だばーっと魔法で頭からお湯を被《かぶ》りながらごしごし体を擦《こす》った。この浴衣もどき、脱いでいいかな。すごく邪魔だ。

「待て待て待て!!　滑り込むな！　脱ぐな！　魔法はもっとダメだ!!」

「だって、どうやって洗うの？」

もちろん洗い場にはシャワーも蛇口《じゃぐち》もない。

「もう……ほら、ここに桶《おけ》と洗い湯があるでしょ？」

振り返ると、桶が並べられた場所には小さく四角い井戸のようなものがあった。井戸と違うのは、なみなみとお湯が溢れていることと――。

「あ！　フロートマフだ！」

井戸にぷかぷかと浮かぶ小さな入道雲。海人のところで乗せてもらったフロートマフと少し種類は違う気がしたけれど、その雲のような外見は他と間違えようがない。

「おや、よく知ってるね。……乗っちゃダメだよ？　これはこの辺りで体を洗うのによく使われるんだ。こうしてちぎって使うんだよ。洗い終わったらあっちに捨ててね」

言いながら手のひら大にむしると、お湯に浸《ひた》して体を擦ってみせた。興味津々でフロートマフに触れると、海人のフロートマフより粗く脆《もろ》い感触がした。これならちぎれそうだ。ぐっと力を入れると、思ったよりも植物らしいプチプチとした感触を残し、雲のかけらが手のひらに残った。肌に滑らせると、なんとも不思議な感触だ。へちまと綿菓子が結婚したら、こんな子どもが生まれるかもしれない。見た目は綿菓子だから、水に浸《つ》けると溶けてしまいそう。

「わあ……。これ、気持ちいいね。やわふわしてる」

「うん、肌にもいいって女性に人気があるんだよ。どれユータ、反対向いてごらん」

人に背中を洗ってもらうってとても心地いい。石鹸《せっけん》を使っていないのに、柔らかくきめ細かな繊維《せんい》のお陰なのか、とてもつるすべになった……気がする。

「ユータは元々つるぴかお肌だから、ちっとも効果が分からないね」

そう……幼児の柔肌《やわはだ》はそもそもが最上級。ぷにぷにだけど仕方ない、まだ子どもだもの。

「ほら、僕の腕。どう？　ちょっと滑らかになった気がしない？」

「……ホントだ！」

セデス兄さんもエリーシャ様に似て男性の割にきれいな肌だと思うけど、触れた肌には、どこかぬめるような滑らかさを感じる。

「このフロートマフは塩を蓄《たくわ》える性質があるんだって！　それが肌にいいらしいよ」

へえ！　そっか、塩サウナとかあるから、そんな感じかな？　好奇心に勝てず、２人の目を盗んでちょびっと口に入れてみる。

「へぇぇっ⁉　しょっぱ‼」

少しじゃない、塩でできているんじゃないかってくらい塩辛かった。これだけ塩を含んでいるからお肌に効果があるのかな。……食べてないから！　ちょっと口に入れてみただけ！

「お前、食ったのか⁉　なんでも食う奴だな……」

涙目でぺっぺっするオレの顎を掴んで、カロルス様が桶いっぱいのお湯を口元にぶっかけた。

「あああ！　ちょっと父上！　溺《おぼ》れるよ!!」

「ごっほ！　ごほっ!!　っくしゅ！」

鼻と言わず口と言わず大量のお湯を注がれて、危うく溺死《できし》するところだよ！　涙と鼻水まみれの顔で、救い出してくれたセデス兄さんにしがみついた。

「おう、悪いな」

はっはっはと笑うカロルス様に、セデス兄さんはよく無事に育ったなとしみじみ思った。だから体が頑丈なんだろうか。


「はい、セデス兄さんの背中、つるぴかになったよ！」

「おう、ユータ俺の背中も頼む」

……これはまたとないチャンス到来！　オレはついニヤリと笑った。でっかい背中を前に、逸《はや》る気持ちを抑えて静かに目を閉じる。全身の力を抜いて、握ったマフに意識を集中した。

「……ねえユータ、背中洗うのにその気合いは必要ないんじゃない？」

セデス兄さんの声をよそに、カッ！　と瞳を開くと、獲物《えもの》を狩る勢いで両手を振るった。

「はあああ！」

どうだ！　全身全霊、恨みを込めたオレのパワーを思い知るがいい!!　それは、ジャガイモだったら皮がきれいに剥《む》け、そろそろ背中に火がつくんじゃないかと思うほどで――。

「おー、気持ちいいな、お前ちっとは力がついたかよ?」

そろそろ根を上げるかと悪い笑みを浮かべたところで、呑気《のんき》な一言に崩れ落ちた。……次はぜったい、金《かな》たわしを用意しておこう!

一通り洗い終えたら、お楽しみの湯船だ! と、その前に……。

「ねえ、温泉に髪を浸けちゃダメなんだよ! 上げておくといいよ!」

「ああ、確かに書いてあったな。このくらいなら構わんだろう? 縛るものもないしな」

「ダメだよ! 湯船に髪が落ちてもよくないし」

オレは収納から紐を取り出し、カロルス様の後ろへ回った。座ってもらってもまだ高い頭の位置に、桶に乗って四苦八苦しながら小さなポニーテールを作る。大人しく任せてくれるので、ちょっぴりカリスマ美容師になった気分だ。うむ、次はセデス兄さん、どうぞ。

「はい、できたよ!」

「あ、うん……ありがと……。でもこれ……リボンがついてる気がするんだけど、気のせい?」

さわさわと手で確認するセデス兄さんが胡乱げな顔をする。

「うん、後ろ姿が素敵だよ!」

セデス兄さんはうなじがきれいなので、ゆるいお団子にリボンもサービスしてみた。さすがにガタイがいいので女性には見えないけれど、涼やかなブルーのリボンが似合ってると思う。

「げ……お、俺にリボンはつけてねえだろうな⁉」

「つけないよ！　カロルス様は似合わないもの！」

ざっくりまとめた髪はカロルス様のワイルドさが引き立ち、匂い立つような色気が漂っている。……なるほどね。オレの髪はまとめるほどでもないけど、なんとか後ろでぴょこんと結んでみた。どうだろうか、少しワイルドだろうか。ちょっぴり意識して腕組みなどしてみる。

「あははっ！　ユータがそうすると、もう完璧に女の子に見えるね！」

……セデス兄さんのまとめ髪、次は特大の真っ赤なリボンにしてやると、オレは心に決めた。

＊＊＊＊＊

「お肌すべすべ、いいわねえ～こういうの。グレイに感謝しなきゃ」

「本当ですね、癒《いや》されます……。まるでユータ様を抱っこした時のようです」

ゆったりと湯船に浸かり、エリーシャはするすると自分の肌に指を滑らせた。ほぼ視線を遮《さえぎ》る役割を放棄した薄布が、湯の中でゆらゆらと揺らめいている。この時間になると、女性風呂は貸し切り状態だ。組み替えた足に伴って、ちゃぷんと湯が跳ねて柔らかな音を響かせた。

「ユータ様のかわいいお背中を流したかったですが……」

マリーは残念そうに口元まで湯の中に沈んだ。普段と違った緩《ゆる》やかなまとめ髪に、ほんのりと上気した頬が、どこか甘く艶を伝える。

「マリー……」

エリーシャの遠くを見る顔には憂《うれ》いが浮かび、頬から首筋に張りついた後れ毛が目を引いた。

「そりゃあ私だってそう思うけど。セデスちゃんもそうだったの。一緒に入ってくれなくなっちゃうのよね……」

「そうして徐々に大人に……。よいことなのです、ですが！　ああっ、辛《つら》い……」

エリーシャは慈愛《じあい》を込めた瞳でマリーを見つめた。

「だからそれまでに、しっかりと愛情を伝えましょう？　愛情はいくら注いでも構わないわ」

「そう……そうですね、ユータ様もセデス様も、飛び立ってしまわれるまでにしっかりと注いで注いで、愛されているという実感をその身に……。それこそ唯一私ができること！」

「そう、その意気よ！」

2人ははっしと両手を握り合った。

＊＊＊＊＊

ぶるっと悪寒が走って、オレとセデス兄さんが同時に自分の体を抱いた。

「……ちょっと、冷えちゃったかな？」

「う、うん……早くあっち行こ！」

オレたちはなんとなく感じる胸のざわめきを振り払って、奥の湯船へと向かった。

「ねえ、来た時は結構人がいたような気がするのに、みんないなくなっちゃったねえ」

「……ま、父上がねえ……」

ぼそりと呟いたセデス兄さんに首を傾げると、カロルス様が口を尖《とが》らせた。

「……別に何もしてねえぞ。俺がここにいるって気配を強めただけだろ」

「そうするとみんな逃げるよね？　ユータがいるから、それでいいと思うけど」

オレ？　もう一度首を傾げたけど、カロルス様はそ知らぬ顔でそっぽを向いていた。

「あ……さむっ！　本当に外なんだね！」

奥に近づくにつれ空気がひやりとして、オレは慌ててお湯へ滑り込んだ。お湯の中でぶるりと体が震える。次いで入ったセデス兄さんの波が押し寄せ、オレの体を揺らした。

温泉って結構熱いお湯のイメージだったけれど、ここはするりと入れる程度の温度で、オレの幼い体にはありがたい。視界にはもうもうとした湯気が立ち込め、漆黒《しっこく》に映えて幻想的だ。

「はあー、広い風呂はいいな」

隣に入ってきたカロルス様が大きな体を遠慮なく沈め、大波が押し寄せた。ひっくり返らないよう、鋼の腕がオレの首根っこを掴んで固定している。いいけど……もう少し支える位置を考えてほしい。不本意に掴まれつつも、徐々に温まった体にほうっと力を抜いた。

さあっと湯気のカーテンが開いた瞬間、息を呑んだ。絶景、としか言えない。

「う……わあああ……すごい!!」

雄々しい岩肌や細く上がる噴煙が、すぐそこにあるみたい。暗闇の中、ところどころに真昼の太陽を凝縮したような光が見える。やや小高いこの場所からは、サラマンディモンであろう火山が目の前に見えていた。温泉の中にも漂うこの独特の匂いは、火山由来のものだろうか。

感動して2人を振り返ると、セデス兄さんがちょっと肩をすくめた。

「ユータは見えるんだねぇ。僕にはあいにくなんにも。ただ、星はきれいだね」

「だなぁ。たまにちらっと炎の光が見えるのは、溶岩か？　それとも魔物か精霊か？」

そっか……見えるのはオレだけか。この雄大な景色を2人にも見てもらいたかった。しょんぼり肩を落としたところで、ハッといいことを思いついた。

「じゃあ！　明日の朝もお風呂入ろう！　ね、いいでしょう？」

「めんどくせえなぁ……」

「そうだね、僕も景色見たいし、行こうか？　でも、起こし……優しく起こしてね？」

カロルス様も絶対起こして連れてこよう！　オレは２人に満面の笑みを向けた。


「――だから早く上がれと言ったろうが……」

オレはカロルス様の肩に顛をつけ、くったりと洗濯物のようにへたっている。熱くなかったから油断した……。ルーとよく浸かってるし、幼児の割にのぼせにくいと思っていたのに。

『もしかして、あれはユータの生命魔法入り温泉だからなんじゃない？』

モモに言われ、なるほどと頷《うなず》いた。そうか、じゃあ温泉にもこっそり生命魔法水を――

『絶対ダメ』

はい……。でもこっそり混ぜても毒じゃないんだから、いいと思ったのに。

ざっと体を拭《ふ》いてもらって、今度は湯上がり用の浴衣もどきを着せてもらった。よかった、普通の服に比べれば随分とこちらの方が楽だ。タオルを敷いて寝かせてもらうと、ぼんやりと着替えるカロルス様たちを眺める。今度はカロルス様たちもちゃんと浴衣もどきを着ているみたい。簡素でシンプルな姿は、湯上がりにちょうどいい。

でも、カロルス様たちの着こなしはちょっとだらしない。暑いからって胸元を大きくはだけた姿に、元気ならちゃんと着せてあげようと思うけど、今はちょっと無理だ。

ラピスが心配そうにオレのほっぺに顔を擦りつけた。

——ユータ、暑いの？　ほっぺが真っ赤なの。ラピスが冷やす？

慌ててぶんぶん首を振ったら、またくらりとした。そんな氷漬けになる未来しか見えないことは遠慮したい。でも、そっか魔法があった！　魔法使いの特権を使えばいいんだ。

「お？　お前、贅沢《ぜいたく》なことしてんな……」

壊れ物のようにそっと抱き上げたカロルス様が、ふいに涼しい風に包まれて目を丸くした。

「おおー本当だ、涼しい」

ぎゅっとセデス兄さんも体を寄せてきて、オレはほっかほかの大の男2人に挟まれる形に……暑い!!　気分的にも暑い！

「オレ暑いの！　セデス兄さんは向こう行って」

ぎゅうと押しのけると、不服そうに口を尖らせている。

「けち～！　でもさ、それってユータの回復魔法で治らないの？」

あっ！　そうか、これももしかしたら回復魔法でなんとかなる？　いや、生命魔法水の温泉が効果あるなら、飲んでみたらいいんじゃない？　いい水分補給になるし。

「やってみる！」

カロルス様の腕の中でもぞもぞといい位置に落ち着くと、まずは氷でコップを作った。ラキみたいに上手にはできないけれど、水が漏れなければそれでいいんだよ！　ここに生命魔法水を薄めて注ぐ、と。

「ぷはー！　生き返るー！」

これいい！　冷たく冷えたお水が喉《のど》を通って波紋のように体に広がっていく。重かった体もくらくらする頭も、不快な症状が拭い去ったように消えてなくなった。

「で、でも冷たいっ！」

氷のコップは持ち続けるには冷たすぎる。小さな手が赤くなってじんじんしてきたので、慌ててコップを放り投げると温かい場所へ手を突っ込んだ。途端に妙な悲鳴を上げて、カロルス様がガバリとオレを引きはがした。

「お、お前っ、何しやがる！　冷てぇ!!　俺を殺す気か!?」

「だって、手が冷たいから」

全く、Aランク冒険者ともあろうものが。脇腹が冷えたくらいで死なないから大丈夫！

きっと女性陣の方が風呂は長いだろうと、のんびりして出てきたら、どうやらエリーシャ様たちの方が一足早かったようだ。

「まあまあ、マリーも落ち着いてちょうだい」

「私は落ち着いていますよ」

「うーんと、そうねえ……。じゃあ落ち着かなくていいから動きを止めてくれる？」

なんだろう、廊下《ろうか》が少し騒がしい気がする。

「待ってマリーちゃん！　俺何も悪いことしてなくねえ？　これシチュエーション的に旅先で会っただけじゃね⁉　そのお姿を拝見できて、俺って超ラッキーじゃんとは思ったけど！」

あれ……？　聞き覚えのある声は、灰色の髪に、紫のタレ目。

「アッゼさん？　どうしたの？」

アッゼさんは高度な遠距離転移ができる魔族さんだもの、どこにいても不思議ではない。ないけど、この広い世界でたまたま出会うなんてことはないだろう。

「あああ！　ユータ様！　なんっておかわいらしい‼」

神速でオレを腕の中に抱きしめたマリーさんが、とろけそうな微笑みを浮かべた。

「あー！　あーあー‼　くそ……ちっこいからって油断した……お前も俺の敵かぁ！」

すりすりされる俺を指して涙目のアッゼさん。この人がいると賑《にぎ》やかだ。

「マリーさんも、とってもおかわいらしいよ！　素敵だね」

きっと暴れていたんだろう、少し乱れた浴衣の裾《すそ》を直してあげてにこっとすると、マリーさんがまあ！　と両頬に手を当ててよろめいた。いつもメイド姿しか見ていないから、マリーさんの浴衣はとても新鮮に映った。すんなりとたおやかな肢体《したい》は和服がとてもよく似合っている。かっちりした普段のまとめ髪と違う、緩くアップした髪も艶があって素敵だ。

「ユータちゃん〜！　私はどう？」

見て見て！　とくるくる回ってみせるエリーシャ様は、まるで少女みたい。女性らしいカーブを描いたシルエットは浴衣には少々扇情《せんじょう》的かと思ったけれど、清い微笑みで見事に調和がとられているようだった。

「エリーシャ様も！　とっても素敵‼　おかわいらしいよ」

ぱふっと笑顔で抱きついて、ちらりとカロルス様を見上げた。

「ね？　カロルス様もそう思うでしょう？」

「あ？　あー ーまあ、な」

ぷいっとそっぽを向いたカロルス様に、セデス兄さんが生ぬるい視線を向けた。

「ユータちゃんありがと！　褒《ほ》めてもらって嬉しいわ」

エリーシャ様は、本当に嬉しそうに微笑んでオレを抱きしめた。

「なあっ！　ちょ……」

「2人の髪は、もしかしてユータちゃんが？」

「うん！　2人ともカッコイイでしょう！」

「止め……止めてっ？」

「そうね！　普段とはまた違っていいわねぇ。ユータちゃんもとっても素敵よ！」

しげしげと眺めて褒められ、ちょっとはにかんで肩をすくめた。

「無視しないでっ！　助けてくんない？」

と、割り込むように視界に飛び込んできたアッゼさんが、俺を抱き上げて掲げ持った。

「鎮《しず》まれ！　マリーちゃん！　鎮まりたまえ!!」

ぶらんと掲げられたオレに、戦闘モードのマリーさんがふにゃりと相好《そうごう》を崩した。

「ああーユータ様！　そのお召し物も結われた髪も！　なんとおかわいらしい～」

後ろでアッゼさんがふう、と額の汗を拭っている。オレ、退魔のお札かなんかなの？

「ねえ、アッゼさんはどうしてここにいるの？　どうしてマリーさん怒ってるの？」

よくぞ聞いてくれました！　と瞳を輝かせたアッゼさん。その手はがっちりとオレの腰に回って、絶対に離れようとしない。

「聞いてくれよ！　俺さ、マリーちゃんが遠くで留《とど》まってるからさぁ。もしやトラブルかって駆けつけただけなワケよ？　分かる？　ヒロインのピンチに駆けつけるヒーローって奴」

ふうん……マリーさんがピンチになるのって、あんまり想像できないけど。

「じゃあ、マリーさんが心配で転移してきただけなの？」

「そう！　そういうこと!!　分かってくれたか!?」

大げさに抱きつく体を押しのけて、マリーさんに振り返った。

「じゃあ、どうしてマリーさんは怒ってるの？」

「それは……そもそも旅先で会ったことがまず不快ではありますが、なぜ私の居場所が？　もし入浴中に転移されていればどうなったか……」

「その場合は、俺が永遠に旅立つことになってジ・エンドなんじゃね？」

そうだね。でもそれは置いておいて……。

「魔族って人の居場所が分かるの？」

「えっ……？　うっ……それは……そのぉ」

「いくら魔族でも、そんなことできねえぞ」

アッゼさんがだらだらと滝のような汗を掻いて後ずさっていく。オレを捕まえたまま。

「何かしたの？　ちゃんと、お話ししてごめんなさいしたら？」

こっそり助言してあげると、うっと呻《うめ》いて生唾《なまつば》を飲んだ。

「そ、そのぅ。最初に会った時に……えっと、俺の魔力印を……」

すうっとマリーさんの目が細くなった。ピシピシと空気がひび割れていく気がする。

「ご、ごめんなさいいぃ！」

突如腰の圧迫が消えて、すとんと尻餅《しりもち》をついた。

「最初ってあの時か？　死ぬほどやられてお前に興味を持つ気が知れねえ……。そりゃあんだけ返り血浴びてりゃ、魔力印もつけられただろうよ」

呆れた調子で呟いたカロルス様が、ひょいとオレを立たせてくれた。

「魔力印って何？　悪いもの？」

「魔族がつける目印みたいなもんだ。別に害はねえよ」

「ありますが!?」

マリーさんがぷりぷりしている。でも、瞬時に駆けつけられる最高の護衛だよ？　……必要はないだろうけど。そっとガントレットを装備したマリーさんは見なかったことにしよう。


お泊まりの部屋は畳の和室――というわけにはいかなかったけど、室内で履き物を脱ぐところは珍しい。ぺたぺたと裸足《はだし》で歩き回れるのが楽しくて、広い室内を走り回った。板張りの上に草で編まれたゴザのようなものが敷いてあるので、足裏の感触が心地いい。

「こら、ユータ！　また汗掻いちゃうでしょ？　もう寝るんだから！」

ふふっ、捕まえられるかな？　避けることなら一級品！　セデス兄さんの手をくぐり抜け、浴衣の袖《そで》をひらひらさせながら走る走る！　壁を蹴って天井を蹴って、カロルス様の肩で1回転して、きゃっきゃと部屋中を動き回った。

「ちょっともう～、部屋の中で走り回らないの！　よしっ……行け！　マリーさん!!」

微笑ましそうに見守っていたマリーさんが、途端に嬉しそうな顔をした。

「うふふっ！　ユータ様ぁ～お待ち下さぁ～い」

声だけはまるでカップルの追いかけっこのようだけど、セデス兄さんとプレッシャーが違う。

ひゅっと風を切る音に、咄嗟《とっさ》に座卓の下をスライディングして避けた。間髪入れずに飛び上がり、カロルス様の背中を蹴って真逆へ方向転換した時、ふっとオレに影が落ちた。

「――ふふふ。さっきのを避けるとは、ユータ様も成長されましたねぇ？」

すぐ近くで聞こえた悪役みたいな台詞に、ぞわっと総毛立つ。目の前には、逆さまになったマリーさんの笑顔があった。

「はい、捕まえちゃいました！」

空中できゅっとオレを抱きとめ、マリーさんはそのままくるりと回転して降り立った。

「はっ、はあっ……。捕まっちゃった……」

嬉しそうに抱きしめるマリーさんの腕の中、オレは荒い息を吐いてがっくりと肩を落とした。

もう少し頑張れると思ったんだけどなぁ。

「お前……オレを足場にしやがったな」

ちなみにカロルス様はエリーシャ様の指導の下、渋々荷物を整頓《せいとん》している。

「あーあ、ほら汗掻いちゃって。せっかくお風呂入ったのに」

「いいの！　明日の朝また入るから！」

お人形のようにマリーさんからセデス兄さんに受け渡されながら、足をばたばたさせた。

いつも個人のお部屋に分かれちゃうから、こうやってみんな一緒のお部屋にいるのが楽しい。

このお宿は大きなお部屋が中央にあって、ドアで繋がった大小の寝室が4つもあった。貴族宿の階層を貸し切るタイプに比べたら、こっちの方がまだ一般向けらしい。そっか、冒険者パーティで泊まるなら、こういうお部屋の方が都合がいいのかな。

「さ、さあ、もうそろそろお休みの時間よ？　早く寝なくっちゃね！」

エリーシャ様がどこかそわそわとこちらを見ている。お部屋は4つ、マリーさんはメイドさんだけど使用人じゃないので一部屋使ってもらうとして――。

「セデス兄さん、早く寝よう！　そしたら明日が早く来るよ！」

「そう、かなあ？　早く寝るのには賛成だけど」

昨日はカロルス様のお部屋だったから、今日はセデス兄さんの手を引いてお部屋に向かう。

振り返っておやすみを言うと、エリーシャ様たちが崩れ落ちていた。

「へえ、大きなベッドだね、落ち着いた雰囲気だし、これならゆっくり眠れそうだよ」

セデス兄さんと寝るのは久しぶりだ。王子様フェイスですうすうと寝ていれば絵になるのだけど、起きたらいつも頭が爆発しているんだよね。

「ねえ、セデ……」

ムゥちゃんとティアのベッドを窓辺に置き、振り返って思わず二度見した。えっ、もう寝て……？　いや、それはいいんだけど……。きらきら王子様は、布団の中に頭を突っ込んで、尻から下はベッドの外に飛び出した状態でお休みになっていた。突き出た尻がなんとも不格好だ。

『見たくないわ、そんなイケメン……』

オレの中で、モモがそっと目を逸らしたのを感じた。


『ゆーた、起きよう』

「ピピッ！」

――起きるの！　いいお天気なの。

いろんな声がする。顔半分を舐《な》め上げられ、ほっぺには柔らかな衝撃。

『ほら、起きるのよ！』『スオーはまだ寝たい……』

胸の上で弾《はず》むのはモモだろう。首筋をやたらとぺちぺちしている小さな手は蘇芳かな。

「うぅーん……みんなおはよう、起こしてくれてありがとう」

「ムゥ！」

窓辺のムゥちゃんが、朝日を浴びながら元気に手を振っている。ティア用ベッドでこれ以上ないほど大の字になって寝ているのはチュー助。昨日は早起きなら任せろとか言っていたのに。

「セデス兄さん！　起きて!!」

がばっとお布団をめくると、予想通り大爆発した頭の王子様がパンツと紐姿で寝ていた。そうそう、浴衣で寝ちゃうとはだけるよね。かく言うオレも人のこと言えない乱れた格好だけど。

……だけどさ、セデス兄さんは浴衣本体をどこへやったの？

「シロ、GO！　優しく起こして！」

『分かった！　起きて起きて起きて！』

「うっ？　うぶっ!?　ちょ、分かった！　起きっ、起きるからっ！」

フェンリルの猛烈ぺろぺろ攻撃を受け、セデス兄さんはげっそりした顔で体を起こした。随分とお顔がてらてらに光っている。

「……次は、もうちょっと違うパターンでお願い……」

もう、贅沢なんだから。とりあえず部屋の外へ出られる格好に整えて、オレたちは慎重に気配を消し、こそこそとカロルス様の部屋へ向かった。

「さて、どうやって起こす？　僕の時みたいに攻撃したらどう？」

「攻撃してないよ！　それにカロルス様は頑丈だから堪《こた》えないし、受け止められちゃう」

「じゃあ氷で――」

「それ怒られた」

部屋の隅で額を付き合わせて唸《うな》ったオレたちに、苦笑混じりの低い声がかかった。

「いや、普通に起こせよ……」

くあ、とあくびしながら髪を掻き上げ、金獅子はのっそりと半身を起こした。案の定浴衣は思いっ切りはだけてるけど、セデス兄さんみたいに行方不明にはなっていない。

「「………」」

「……なんだよ？」

訝しげに首を傾げるのさえ匂い立つ。おかしい……オレたちの寝起き浴衣姿と何かが決定的に違う。お互いにじろじろと無遠慮な視線を送ると、ひとつ頷いた。

「「まあ、ユータ（セデス兄さん）よりは僕（オレ）の方がマシだから――」」

……始まった言い争いに、カロルス様がにやりと余裕の笑みを浮かべた。

「はっ、どっちも変わりねえよ。中身がガキだからだろ」

ならオレに色気がないのはおかしくない!?　そしてカロルス様にあるのはおかしくない!?

2章　チュー助

――一悶着《もんちゃく》あったものの、朝のお風呂はとっても素敵だった。雄大な景色は、朝日の下でまた違った猛々《たけだけ》しさを見せて美しい。今日あそこへ行けると思うと、もう堪《たま》らない。朝ごはんを簡単に済ませると、オレたちはさっそく宿を飛び出した。

「ユータちゃん、あれ着てみない？」

「着てみない！」

ばっさりと両断されて、エリーシャ様がマリーさんに縋《すが》って泣いている。だって、冒険するのにかっちりした浴衣はちょっと危ないと思う。宿には湯着《ゆぎ》として簡易浴衣が備えられていたけれど、この辺りではもう少し本格的だ。旅行客らしき人が、華やかな浴衣でそぞろ歩きしている姿をちらほら見かける。

「じゃあ、せめて髪を結ってもいいかしら？　昨日素敵だったもの」

「うーん、それならいいよ」

エリーシャ様が髪結いできるんだろうかと思ったけれど、案の定マリーさんに交代した。

「髪、伸びたからそろそろ切ろうかなぁ。面倒だし、思い切り短くても――」

「「ダメっ‼」」

結われながらなんの気なしに呟くと、２人から猛烈な反発を食らってビクッとした。

「で、でも、長いとすぐ伸びて邪魔になるし……」

「こんなにきれいな御髪《おぐし》を短く切ってしまうなんて！」

「勿体ない、まだ切るほどじゃないと思うわ。とても……そう、カッコイイわよ‼」

とってつけたような『カッコイイ』に疑いの目を向けつつ、別に髪の長さにこだわりはないのでまあいいか。カロルス様やセデス兄さんより短いし。この世界では割と男性も長髪なので、長くてもあまり気にならない。髪を切る余裕がないだけかもしれないけど。

ふと、頭の違和感に気付いてさっと手をやった。

「マリーさん？　これ、おかしくない⁉」

「おかしくなんてありませんよ！　とてもおかわいらしいです！」

オレの手に触れる髪束は２つ。短い髪が両耳の上辺りでぴこんと突き出ているような気がする。これって、いわゆるツインテールじゃなかろうか……。いくら長髪の男性が多くても、ツインテールの男性は見たことがない。即座に却下して結い直してもらったら、エリーシャ様から恨めしそうな視線をもらった。カロルス様がしても似合う髪ならいいよ！

うーん。今度は編み込みが入っている気がするけど、きっとツインテールよりはマシだろう。

そうこうして商店街を抜ければ、火山へ向かう馬車乗り場が見えた。この辺りまで来ると、周囲の様相が変わってくる。色とりどりの浴衣姿は消え、褪《あ》せた色の服に、ぐんと一回り大きい人たちが増えてくる。さすがに一般客は観光で火山へは行かないらしいね。こうして見ると、一般人と冒険者や旅装の人は結構違って見えるものだなあ。

小さめの馬車に貸し切り状態で乗り込むと、御者さんが胡散臭《うさんくさ》そうにオレたちを眺めた。

「サラマンディモンは魔物がおりやすが……」

「知ってるわ。ちゃんと護衛を連れているでしょう？　何かあってもあなたは罪に問われないから安心なさい」

今回もやっぱりカロルス様は護衛枠なんだね。本人はその方が気楽そうだけど、領主様……それでいいんだろうか。ひとまず御者さんはそれ以上何も言わず、馬車を走らせた。

「なんだか魔物も生き物も住みにくそうなところだね」

草木が少なくて全体に灰色っぽい大地が広がっている。火山灰なのだろうか、馬車の外側も随分煤《すす》けて汚れているように見えた。

「そうだね、でも特殊な環境には特殊な生き物がいることが多いんだよ。だからきちんと対策をしていかないと、下級の相手に後れを取ったりすることになるからね」

そっか、海に行く時の防水みたいなものか。でも今回、何も対策はとっていないような。

「だから、ユータにはこれ。暑くてもちゃんと着ておくんだよ？　靴も替えようか」

ばさりと被せられたのは、フード付きの分厚いマント。靴はスノーブーツみたいな分厚いブーツだ。これが耐火装備なのかな？

「今回はそれが必要な場所には行かないんだけど、ユータは何かと危ないからね……今後のためにも持っておくといいよ」

「わあ！　ありがとう」

ぎゅっとフードを引っ張って深く被ると、厚みのある手触りに、ぷんと革《かわ》の香りがした。

「馬車は停留しねえんで、定刻にここへ来てくだせえよ」

火山の近くまで来ると、御者さんはそう言い残してすぐさま帰っていった。

「うわー近くで見るとすごい……」

割と背の低い小さな火山だと思っていたけど、麓まで来れば随分と迫力がある。噴火口から上がる煙のせいだろうか、独特の匂いが漂い、周囲は薄暗く感じた。

「ねえ！　お山のてっぺんまで行くの？」

「行かねえよ、危ねえだろうが」

そうなのか……溶岩が見られるかと思ったのに。ちょっとがっかりしたけれど、また冒険者として来た時のお楽しみかな！

それぞれ耐火装備に着替えて麓を出発すると、周囲の冒険者さんからものすごく注目を集めている気がする。どうもあまり好意的とは思えない視線に、ちょっと首をすくめた。

「オレも冒険者なのに……」

冒険者のカードって、もっと外見で分かるようなものだったらいいのにね。カロルス様たちがいてこの状況だと、タクトやラキと来た場合どうなるんだろう。

「ユータがいるのもあるけど、マリーさんも見た目がアレだからねえ。見た目だけねえ……」

そっと耳打ちしたセデス兄さんに、思わずくすっと笑った。そっか、マリーさんも冒険者時代は見た目で苦労していたのかもしれないね！　その時もメイド服だったんだろうか。

「ユータ様に不躾《ぶしつけ》な視線を寄越すと、容赦致しませんよ？」

オレに向けられる無遠慮な視線に、マリーさんがじろりと周囲を見回した。やや圧の伴った視線に、勘の鋭い者がそそくさとその場を離れていく。

「へえ、お嬢ちゃん、容赦しないってどういう……」

「こういう……ことですね！」

へらへらした大柄な冒険者さんが台詞を言い切るより早く、マリーさんが動いた。ひょいと蹴り上げられ、浮き上がったところに踵《かかと》落とし。ずん、と鈍い音と共に地面にめり込んだ。完全にノックダウン、とても10カウントでは起き上がれそうにない。でもマリーさん、ちゃんと手加減……足加減？　できたんだ。普段の戦い方を知っていると随分ぬるい攻撃だけれど、周囲の人は違ったらしい。一瞬、シンと驚愕の視線が集中したあと、一斉に逸らされた。

……マリーさんは苦労してきた分、手を出すのが早くなったのかもしれないね。

「ユータ様、無礼な輩《やから》は沈めてしまえばいいと国で決まっていますので、このように――」

「決まってない！　決まってないから！　ユータに適当なこと教えないで！」

そうなの⁉　真顔で堂々と言わないで⁉　オレ、信じちゃうからね⁉

「あ、ユータちゃんこれこれ！　これが加温草よ」

緩やかな登山道をしばらく進んだところで、エリーシャ様が何か摘《つ》まんで見せてくれた。茶色っぽい草？　華奢な手で葉っぱをむしってわしわしと揉《も》むと、オレに差し出した。

「わっ？　あったかい……‼」

「うふふ、面白いでしょう？　濡れタオルに挟んで使うと気持ちいいのよ」

エリーシャ様は美容グッズとして使うみたいで、貴族の女性に人気の植物らしい。遠目には石ばっかりだと思ったけど、植物も結構生えているんだな。

『ここ、あったかいから俺様好きだ！』

寒いのが嫌いなチュー助が、元気いっぱいにオレの肩を行ったり来たりしている。あったかいで済めばいいけど、きっと暑くなると思うよ？

『あ！　主、精霊のかけら！　主はドンクサイから気をつけるんだぞ！』

ペチペチペチ！　小さな手でほっぺを叩かれて視線をやれば、ろうそくほどの火が、朧《おぼろ》げに揺らめきながら漂っていた。

「気をつけるって、あれは危ないの？」

「ああ、火の精霊のかけらだね。魔力に寄ってくるから火が衣服なんかに燃え移らないように気をつけることだね。魔力を吸うけど、手で払えば離れるからそんなに心配はいらないよ」

『でも主は下級精霊に思いっ切り魔力渡したことあるもんなー！』

むっ……そんなこと言うならオレの魔力返してもらおうかな！

『ごめんなさい！』

チュー助が素早くフードの中に逃げ込んだ。なんだかんだ嫌がっていたけど、そのネズミ姿もすっかり板についてきたみたい。

ふわ……ふわ……。消えそうに小さな火は、遠慮がちに近づいてくる。手で払えば消えちゃうらしいけど、そんなことをするのも申し訳ないくらい、弱々しい光。

「消えちゃいそう……」

「そうね、もうすぐ消えると思うわよ。精霊のかけらは、あちこちで生まれては消えていくの」

まだ命とも言えない彷徨《さまよ》う炎は、どこか幽霊にも似て、少し切なかった。


さらに山道を登るにつれ、周囲の温度も上がってきた気がする。ロクサレンの方は肌寒かったのに、今はもう汗が頬を伝っていた。この辺りまで来ると下級精霊や中級精霊も見られるそうだけど、基本的に進んで人目に触れるところへ出てきたりはしないんだって。

「わっ？　びっくりした！」

休憩するとのことで何気なく大きな石に腰掛けると、お尻がほわりと温かくて飛び上がった。

地面に手をついてみると、ほんのりと温かい。これって結構溶岩が近くにあったりするんじゃないの？　そう思うとなんだかゾッとした。

『でもゆうた、溶岩とは限らないわよ？　もしかすると温泉かもしれないじゃない』

「あ、そうか！」

さすがに温泉が出るまで掘ってみようとは思わないけど、地熱を使った砂風呂もあったよね。

少し地面を掘り返してあげると、ティアが喜んで飛び込んできた。まふっまふっと羽を膨らませ、器用に沈み込んで埋まっている。なんだか地面におまんじゅうが落ちているみたいだ。

『スオーも！』

でん、と掘り返した地面に大の字になった蘇芳は、砂を被せろと要求しているらしい。

——ラピスもやるの！

『俺様も！　でも主、危ないから側にいて』

『私はセルフで大丈夫だから』

みんなで砂風呂を始めるもんだから、オレはせっせと砂かけ係だ。気持ちよさそうだけど……ここ、魔物出るよ。一方、オレの中ではシロが切なくきゅーんと鳴いた。こ、今度一緒にやろうね、ロクサレンの砂浜で砂を温めたら、できなくはないと思う。

「おい、魔物が来——ってお前、何やってんだ」

「何それ？　お墓？」

振り返ったカロルス様がガックリと脱力し、セデス兄さんが縁起《えんぎ》でもないことを言う。

「ち、違うよ！　砂風呂なの！　みんながやりたいって言うから……」

『スオー、もう少しこうしてる』

『いいわねえ……お湯の方が好きだけれど』

——暑いの！　もういいの！

『ぎゃー！　魔物！　魔物って言った！　出してー！　主助けてぇー!!』

魔物が来たぞって言ってるのに、マイペースにのんびりしているティアと蘇芳とモモ。ラピスは勝手にしゅぽんと飛び出してきたけど、チュー助は身動きが取れずに必死の形相だ。

魔物と言う割に動く様子のないカロルス様たちを見上げ……言葉を紡《つむ》ぐより先に、ぽかんと口を開けた。

「でっ……かい」

小山のような巨体が、ゆっくりとなだらかな斜面を下りていく。その重く硬そうな外観は、ゾウガメを思わせた。ゆっくりとした歩みにつれ、地響きさえするようだ。

「サラマンディトータスだな。倒さなくていいぞ、まず攻撃してこないからな」

「大した素材もありませんので」

倒すとか……考えないよ！　大きさで言ったら以前カロルス様たちが倒したゴブリンイーターくらいだろうか。でも、感じる重量感が桁違《けたちが》いだ。

「素材ないの？　甲羅《こうら》とかいかにも役に立ちそうなのに」

「そうよね～いかにもそれっぽいんだけど、どうも火の魔力で身を守ってるみたいなの。素材になった甲羅に大した防御力はないのよ。ものっすごく水に弱いしね」

「その代わり、生きている時は火山の火口にも入れるくらい火には強いんだよ。こんなところで見かけるのは珍しいね」

溶岩に耐えるのか！　それはすごい。魔力による防御なんだろうか。

『いい甲羅ね。それなのに見かけ倒しなんて……』

モモが残念そうに通り過ぎていく巨体を見つめた。

それからは、ちょこちょこと魔物に遭遇《そうぐう》するようになってきた。でも、本当に高温の火の中で生きられるように特化した魔物たちで、水や氷で簡単に致命的なダメージを与えられる。ここなら、ウォータの魔法さえ使えれば大活躍じゃないだろうか。

「甘いな、ここは低ランクでもうろつける場所だから、そう言えるだけだぞ」

カロルス様が、ふふんと得意そうに振り返った。

「どうして？　どこでも水や氷が効果的なのは変わらないんじゃないの？」

「そうとも言えるし違うとも言える」

遠回しな物言いに眉根を寄せると、エリーシャ様が振り返った。

「うふふ、環境が変われば水や氷の魔法が使えなくなっちゃうの」

使えなくなる⁉　遺跡《いせき》の仕掛けやダンジョンでは魔法が封じられることがあるって聞いたけど、普通のお山で使えなくなることなんてあるんだろうか。

「エリーシャの料理だ。鉄の大鍋を溶かすような業火《ごうか》に水入れたらどうなった？」

「あ……爆発した……！」

そう、エリーシャ様のお料理を止めようとしたあの時。どうして厨房《ちゅうぼう》で金属が溶解する温度が出せるのか不思議だけど、エリーシャ様にかかると必然らしい。

あら焦げちゃう、なんて言ってコップのお水をばしゃっとかけた瞬間、爆発した、と思う。

オレは間一髪でカロルス様に救出してもらった。そっか、溶岩の近くで水や氷を使うとそうなっちゃうってこと？　魔物にダメージを与える前に人間が死んじゃう……。

「ねえあなた、どうしてそんな例えをしたのかしら？」

「例えじゃなくて事実——ごめんなさい」

にっこり笑ったエリーシャ様は、きっと金属溶解温度に達しているだろう……爆発させないように頑張ってね。

「あ！　あれ、魔物じゃないよ？　精霊じゃない？」

岩陰にちらりとあった反応に、思わず駆け寄って覗き込んだ。さっと隙間に潜ってしまったけれど、黒くてお腹の赤い、大人の手のひらほどのイモリのような生き物だった。

「トカゲ型の精霊だね。火の精霊サラマンダーの定番の姿だよ」

「本当⁉　やった！　火の精霊見られた！」

火の精霊なのに、どうして水の生き物っぽい姿をしているのか不思議に思ったけど、もしかして溶岩の中を泳いだりするんだろうか。イモリ以外に、虫や鳥なんかの報告もあるらしい。

『——主、俺様落ち着かない』

くい、と遠慮がちに引かれた襟元に、首を傾げて小さな背中を撫でた。チュー助は精霊の気配が多すぎてそわそわするらしい。けれど、そわそわなんて言葉よりも不安が強そうだ。

「どうしたの？」

チュー助は、離れていく俺の小さな指先をきゅっと握った。

『……だって、俺様下級精霊なのに、主と一緒にいる。……きっと、みんな羨《うらや》ましいって言う』

何のことかと首を傾げたけれど、どうやら魔力供給者を主に持つことは、ある程度意思を持った下級精霊たちにとって、望ましいことらしい。

『だって、みんなも魔力をもらって形を取りたいだろ？　声を届けたいだろ？』

チュー助はへにょりと耳とお髭を垂らした。なんだかんだ身勝手な奴なのに……チュー助はこういうところがあるんだもんなぁ。オレはふわっと笑って、小さく柔らかな体を胸に抱えた。

「いいんだよ。羨ましがられるから幸せでない方がいいなんてこと、ないんだから」

――チュー助はおばかさんなの！　チュー助が不幸になっても、何もいいことはないの。

『……そっか。じゃあ俺様、幸せな方がいい！』

胸元に抱っこした小さなネズミは、えへーっと笑って手を広げ、ぺたりとオレにくっついた。

オレを抱きしめているつもりかな？

オレより長く生きる、小さな精霊の柔く脆い心の奥には、きっと優しさと思いやりが詰まっている。たくさん経験した辛さを他人に置き換えられる君を、オレは尊敬するよ。チュー助が幸せだと、オレは嬉しい。温かな体温と小さな鼓動《こどう》に、そっと口元をほころばせた。

「んーーーウォータ！」

サカサカと左右に動く大きな岩トカゲに狙いを定め、魔法で狙い撃つ。暑いから動きたくないと、カロルス様たちはのんびり見物だ。剣より魔法の方が効果があるからって言うけれど、カロルス様たちならどうせ一撃必殺なのだから、同じじゃない？

ふう、と額の汗を拭うと、セデス兄さんが呆れた目でオレの周囲に目を向けた。

「魔力の無駄遣いだねぇ……」

「無駄じゃないよ、集めておいてるの。こうしておけば、普段通り魔法が使えるでしょう？」

オレの周囲にはふよふよと無重力のように水の塊が浮いている。これはウォータの魔法を緩く継続させているようなものだから、確かに魔力を消費するのだけど、決して無駄じゃない。それに、こうしていると少し周囲の温度も下がっているようで、幾分体も楽だ。

「ここは水の魔素が集めにくいの。集めておかないと、咄嗟に攻撃できなくなっちゃう」

さっきカロルス様が言ってたこと、これも水の魔法使いが無条件に活躍できるわけじゃない理由かもしれない。水と火に相性のいい魔素は似ているけれど、これほど火に特化した場所ではさすがに火の主張が強い。どの魔素でも魔法は発動できるのだけど、やっぱり威力も発動スピードも落ちちゃうから、本調子じゃないって気分になると思う。

「でもそれ、普通の人はできないんじゃないかなーなんて。……ところで今倒したの、もっと上の方にいる魔物じゃないかな？　魔物も多いし麓にいた冒険者たちじゃ荷が重そうだね」

そうなの？　火山って魔物が多いんだなと思ったけど、普通はそうでもないのかもしれない。

セデス兄さんとマリーさんは、山道の方へ話を聞きに行ったようだ。

――ユータ来て！　すごいの!!　こっちこっち！

気ままに周囲を散策していたラピスが、目をきらきらさせて戻ってきた。急かすラピスに慌ててついていこうとして、むんずとカロルス様に捕まった。

「ユータ、危ねえぞ。この辺りはもう危険なエリアだ。魔物だけじゃなくてな」

きょとんと首を傾げると、オレを肩に乗せてずんずんとラピスを追って歩き始めた。

「そりゃあ魔物は危ないけど、それ以外って何？」

「見りゃ分かる。多分、ラピスが見つけたんだろう」

オレたちの後ろにエリーシャ様が続き、しばらく歩いたところでカロルス様が足を止めた。

「うわ……わああ……！」

思わずぎゅっとカロルス様の頭を抱きしめて身を乗り出した。途端に立ち上った熱気に、見開いた目の奥まで熱くなって慌てて首を引っ込めた。

「すげーな。……こんなだっけか？」

カロルス様も腕をかざして覗き込み、目を細めた。

――熱いの！　きれいなの！

ラピスは熱気に煽《あお》られながら、きゃらきゃらと楽しそうに空中を舞っている。その真下ではバカリと地面が口を開け、周囲が揺らめくほどの熱気が立ち上っていた。そして、その奥は黒く、赤く、妖しく輝いていた。

「こんなに近かったかしら……？」

エリーシャ様が顎に指を当てて首を傾げている。

オレは魅入られるように溶けた大地を見つめた。これが溶岩……!!　なんて力！　これぞ星の命、そう言われて納得できるほどに、そこには力が溢れていた。これは魔素、魔力なんだろうか？　火よりも生命の魔素に似ているかもしれない。

「……ユータ、大丈夫か？」

うっとりと意識を拡散していたオレは、ハッと我に返った。カロルス様が、不安げな瞳でオレを見つめている。オレを抱く腕が、思いのほか強い力で体を締めつけていた。

「……？　大丈夫だよ！　きれいだね」

にこっと微笑んでブルーの瞳を見つめると、カロルス様はホッと肩の力を抜いた。力強いオレンジ色の光に照らされながら、その顔は随分と心細げに見えた。

ちょうどその時、セデス兄さんたちがこちらへ駆け戻ってきたのが見えた。

「ねえ、ちょっと様子を見てきたけど、そろそろ下りた方がいいかも」

「今朝《けさ》まで噴火の兆候はなかったはずなんですが……。他の冒険者も続々と山を下りているようで、この辺りは私たちだけのようです」

噴火!? その言葉に目を剥いた。時々小規模な噴火を繰り返しているとは聞いていた……でも、まさか、それが――今日!? オレはぎゅうっとカロルス様にしがみついた。

「……大丈夫だ。俺がいる」

心配するなと撫でた大きな手の下で、オレは精悍《せいかん》な顔を見上げてにこっと笑った。

「ううん、違うよ。火山から守るなら、きっとオレの方が得意だから。オレが守るからね」

まだまだカロルス様の体を一周できない小さな腕で、オレは精一杯抱きしめて言った。

「ふっ……！ 言うじゃねえか！」

一瞬、虚を突かれた顔をして……カロルス様は大きな口で笑った。

急ぎ山を下りるオレたちの足下で、大地が時々不気味に振動するのを感じる。周囲では魔物や精霊たちまで避難を開始しているようだ。紛《まぎ》れもなく噴火の兆候なのだろう。

バキバキと音を立て、すぐ近くの地面に裂け目ができた。むわっと漂う臭気と熱気に、思わずぞくりとする。もし、走っている途中で地面が割れたら……。

『大丈夫。スオーがいる』

額の宝玉を淡く輝かせ、蘇芳がすいと前へ出た。空中を滑るように飛ぶ、ふわふわした獣に導かれ、オレたちは振動する斜面を走った。

「──あら、追いついたわね」

オレたちの前に、もだもだしている冒険者たちの姿が見え始めた。魔物が多くなった時点で山を下りていたはずなのに、随分と遅い。地割れには慣れてきたし、蘇芳は呼び戻しておこう。

「鈍臭《どんくさ》いな……仕方ねえ、落ちそうな奴は蹴り飛ばしてやれ」

別に蹴らなくても助けられると思うんだけど、どうやら蹴り飛ばした方が距離を稼げるだろうという親切心（？）のようだ。そうこうしているうちに、オレの前にいた冒険者が裂け目を飛び越えようと踏み込み……踏んだ石が崩れて、まるで飛び込むように裂け目に身を投げた。

「あ……あああー！」

悲壮な声を上げる冒険者を、ドロップキックよろしく思い切り蹴り飛ばした。前言撤回、オレの場合は蹴りでもしなけりゃ助けられない。落ちるよりはマシだと思ってほしい。

「？」

その時、微《かす》かな声を聞いた気がして思わず足を止めた。

「ユータ！　止まらないで、行くよ！」

「あ、うん！」

＊＊＊＊＊

安全な短剣の中で、チュー助は周囲の様子に震えていた。俺様、ぜったい外に出ない！　溶岩に落ちるどころか、冒険者や魔物に踏まれただけで死んじゃう！

――わたしも、連れてって……――

ピクリと小さな耳が反応した。また、意思を持った声……。俺様と同じ、意思を持った下級精霊がいる。へにょりと耳を垂らして、チュー助はきゅっと拳《こぶし》を握った。

――きらきらした人……一緒に行きたい――

『へっ……？』

チュー助は、全身を襲う熱気と浮遊感にきょとんと目を丸くした。随分と間抜けな声は、自分のものらしい。ガツンと背中がぶつかって、跳ね上がった体がくるりと反転した。一瞬、目もくらむほどのオレンジが視界を突き抜けて、またガツンと何かにぶつかって回転する。

――ダメダメ！　落ちる！　落ちるよ！　死んじゃうよ！　そっちへ行っちゃダメー！――

チュー助は大地の裂け目を石のように転がり落ちながら、ぼんやりと思った。ダメって……あんたが引っ張ったからじゃないか。短剣から引っ張り出されたのだ。裂け目の中に、落ちているのだ。そう認識した時、ぐるりと回った視界に再び一面のオレンジが広がった。ただし、さっきよりも近くに。燃え上がりそうな熱気に、思わず助けを求めて小さな口が開いた。

『ある………!!』

ぱしっ。チュー助の口を塞《ふさ》いだのは、小さな手。グレーの柔らかな毛が生えた、桃色の小さな指。チュー助は、自らその口を押さえていた。

(だって、呼んだら主が来るかもしれない)

いくら主でも……それに、こんなに熱いもの。もう一度バウンドして空中へ投げ出され、チュー助はそっと口元から手を離した。

『ばいばい、主――』

遠慮がちに呟いて、ちょっとだけ手を振った。

チュー助はみるみる遠ざかる空にきゅっと目を閉じる。どこへ手を伸ばしても、ざらざらと崩れる脆い砂ばかり。遠慮なくぶつけられる体の痛みよりも、周囲の熱にちりちりと毛の先か

ら燃えていく気がして、怖くて耳を塞いだ。

『主ぃ……』

俺様、こわい。ほんのわずかな時間が、随分ゆっくりと感じる。

大丈夫、きっと、食べられるより痛くない。大丈夫、きっとちゃぽんと落ちるだけ。

『……主ぃ……』

ぐるぐる回る体に、目を閉じていても感じるオレンジの光。さらにきつく目を閉じた時、何かがチュー助の体に触れた。


きらきらした人、私も一緒に連れていってほしくて。気付いてほしくて。

姿なき下級精霊は、強く願った。高まった火山の力を取り込んで、切望は形となった。

行かないで、待って。私も一緒に。ねえ、あなたは聞こえているでしょう？　ないはずの腕を伸ばして、自分と同じ精霊にすがろうとした。

その瞬間、生まれて初めての感触に、火の精霊はただ驚いた。掴んだ腕が、どんな結果を生むかなんて、考えもしなかった。

朧げな炎から伸びた不格好な腕は、確かに短剣の中の精霊を掴んでいた。

私の、手……？　短剣から引っ張り出され、外界へ放り出された小さな体。零《こぼ》れそうにまん丸になった瞳が、こちらを見た気がした。

私を、見た？　嬉しいと思ったのも束の間、精霊は悲鳴を上げた。ダメ、そっちへ行ったら死んじゃう！　なんの抵抗もなくただ転げ落ちていくのは、小さなネズミ。

私が、落とした……？　精霊は、熱い体が凍《こお》るような恐怖を感じた。いや、嫌！　ただ無我夢中で追いすがった。死んじゃう、……嫌！　炎からずるりと抜け出すように腕が伸び、続いて体が形を成した。子どもの作った泥人形に、炎の翅《はね》が生えた姿。不格好であっても、それは確かに形としてそこにあった。


体を支えるものを感じ、うっすらと開けたチュー助の瞳に、のっぺらぼうの泥人形が映った。

『……あんた、形ができたんだ』

高温の中、半ばぼんやりとした思考で、チュー助はただ、よかったね、と思った。ゆるゆると落ちていきながら、精霊はそれでも懸命に力を振り絞っていた。儚《はかな》い火の精霊の羽ばたきでは、不格好な翅では、落下は止められない。

『……いいよ』

チュー助の小さな呟きに、それでも、のっぺらぼうの顔で精霊は首を振った。

上昇する圧倒的な熱量の前に、火の下級精霊は、ついにぐにゃりと形を崩す。せめて、と思い切りチュー助を突き飛ばして、それから——ただの炎になった。

どうして……せっかく形ができたのに。一瞬浮き上がったチュー助の体が、真下を向いた。

視界いっぱいに広がったオレンジの光の中で、チュー助は主を思い浮かべてにこっと笑った。

ほら、主。俺様はカッコイイ。

ただ、熱いよ。

＊＊＊＊＊

返事をして足を踏み出したものの、何かが引っかかる。胸がどきどきする。

ほんのささやかな、チュー助の声を聞いた気がした。

「チュー助？」

そっと短剣を撫でて、さあっと青ざめる。

「いない!! チュー助っ!?」

あそこだ!! 猛然と駆け出したオレに、カロルス様たちの焦った声が聞こえた。さっき感じた違和感、絶対にあそこにいる！

口を開けた裂け目に身を躍らせた瞬間、すくい上げるようにシロが現れてオレを乗せた。視界に捉《とら》えたのは、火の精霊ともつれ合うように落ちていく小さな姿。

「バカーー!!」

自由落下よりなお早く、風を蹴って弾丸のようにシロが駆けた。でも、でも……とてもじゃないけど間に合わない！

『ゆうた!!　シールドでは無理よ!?』

分かってる……！　オレが発動しようとした魔法に、モモが悲鳴を上げた。

『ゆうた!!　氷は……』

分かってる!!　でも今、これしかない!!

「ユータ様っ！　いけません！」

追いすがってきたマリーさんが、手を伸ばしたのを感じる。オレはカッと目を見開いた。

「溶けなければ、いいんでしょうっ!!」

溶岩の熱に、負けなければいい！　オレは、チュー助を氷の球体に閉じ込め、爆発的な魔力を込めた。失敗したら、チュー助が助からない。集中するオレに、シロはモモのシールドを足場に体を安定させてくれる。

どぷりと溶岩に落下した氷の球体は、一瞬の均衡を保って浮き上がった。太陽の色が広がる中、たったひとつ、小さな氷が浮かぶ奇妙な光景。

負けるもんか……!!　食いしばった歯が、ぎりぎりと音を立てた。背後のマリーさんが息を呑むのが伝わる。チュー助、間に合っていると信じてる。

助けて、あげるからね……!!　不気味な静寂と均衡をもって、氷は静かに溶岩の只中《ただなか》に存在していた。そして——その静かな攻防は、突如変化した。

びし、びしり。

「ユータ様……」

「うん……」

球体の周囲が、時間が止まったかのように静止した。次の瞬間、みるみるうちに黒くなっていく溶岩に、思わずホッと視界が揺れる。

勝っ……た？　地下の空間に広がった明るい光が、チュー助の氷を中心に、じわじわと暗くなっていく。

——これならラピスも手伝えるの！

ある程度冷えてしまえば、大魔法はラピスのお手のもの。小さな鳴き声と共に、周囲の温度がみるみる下がっていく。

「ああ……」

胸を撫で下ろしたマリーさんが、へたりと座り込んだ。

「チュー助！」

『ゆーた、ぼくが行く』

まだそこここで覗くオレンジの光の中、シロはひょいひょいと足場を選びながら、チュー助をオレの元へ運んだ。

震える手で氷を解除すれば、オレの手の中にくたりと力なく横たわった小さな体。方々が焼け焦げた毛皮に、ぼろぼろと涙が溢れた。

「ごめんね……。どうして、1人でがんばったの……。オレを呼んでよ……」

祈るように額をつけると、ありったけの生命の魔力を注いで回復を唱えた。柔らかな光がオレを中心に広がり、ふわふわと質量を持って髪を揺らす。

――やがて閉じていた瞳を開くと、チュー助は元の柔らかなグレーの毛並みに覆《おお》われ、そのお腹は心地よさそうにすうすうと上下していた。安堵してふわっと笑うと、ゆらゆらと揺らめいていた髪と光が、徐々に収まっていく。

「……すげーな」

いつの間にここまで来たのか、背後でカロルス様が苦笑していた。

「こ、これはほとんどラピスがやったんだよ」

周囲の黒く冷えた溶岩に、オレは慌てて言いつのった。

「そうじゃねーよ」

少し躊躇《ためら》うように伸びた手は、オレの頭を強くわしわしとした。

と、オレの体に伴ってぐらぐら揺さぶられたチュー助が、ぱちりと目を開けた。

『……あれ？　俺様……あれ？』

小さな手がぺたぺたと全身をくまなく触って、お髭やしっぽを確認するうちに、丸い目がオレを見つけた。その瞳に、みるみると水滴が盛り上がっていく。

『ある、じ……主ぃ……』

そんなに引っ張ったら、お耳がちぎれちゃう。小さな手を耳から外し、そっと撫でた。

「ごめんね、遅くて……。チュー助の、おばか……」

震える声でごめんね、ともう一度繰り返して微笑むと、またオレの頬を熱い涙が伝った。

『ふうっ……う、うわあああん』

いっぱいに涙を溜めてじっとオレを見たチュー助は、なりふり構わず両手を広げた。小さな瞳からは、ころころと大粒の雫《しずく》が零れ落ちる。温かく脆い体を、大切に、大切に胸に抱きとめて、オレもわんわん泣いた。


「――ぐすっ……えぐっ……」

際限なく流れ落ちる涙に、そんなに泣いたら干からびるんじゃないかと思ってしまう。

『いつまで泣いてんの……？　俺様だってもう泣いてないぜ！』

「だ、だって……」

シャキーン！　とポーズをつけたチュー助が、腫れぼったい瞳で呆れたようにセデス兄さんを見上げた。セデス兄さんがあんまり泣くもんだから、オレの涙も引っ込んじゃった。

くすっと笑ってあやすように大きな背中を叩く。

「チュー助も無事に助けられたんだし、もう泣かないよ？」

「だっ、だから泣いでるんだよぉ……!!　無事で……よがっだねぇ……!!」

もうまぶたは腫れるわ鼻水は垂れるわ、イケメンが溶け崩れて台無しだ。拭いてあげようにも、オレの背丈では届かない。

『ほら、泣かないで。こんなにいっぱい泣いて、可哀想《かわいそう》に……』

シロがひょいと立ち上がって、セデス兄さんの肩に手を置いた。ぐいと引き寄せ、その顔を思い切り舐め始める。フェンリルの力で抱き込まれたセデス兄さんが、たまらず体勢を崩して尻餅をついた。どう見てもフェンリルに食われる人の図……。

「ちょ、待って！　わかっ……分かった！　も、もう、泣かない！　泣いてないからっ！」

幾分げっそりしているけど、確かに涙は止まったようだ。

「ラピスが止めているとはいえ、何があるか分からん。とっとと出るぞ」

「ユータちゃんも大丈夫？　だいぶ魔力使ったんじゃない？」

必死だったから。思いっ切り余分に魔力を使ってしまったけど、動けないほどじゃない。

「さ、チュー助行こうか！」

『あ、うん………』

チュー助が、冷えて固まった溶岩を振り返った。そのままちょこちょこと駆けていこうとするので、慌てて捕まえる。

「危ないよ！　溶岩が残っているところもあるんだから。……どうしたの？」

じっと目を凝らすチュー助に首を傾げると、少し項垂れて、なんでもないと首を振った。

「もしかして……あの精霊？　火の精霊だから、平気じゃないの？」

――いくら火の精霊でも、下級の精霊に溶岩は無理なの。触れたら形も自我も飛ぶの。自我がなければ精霊は精霊じゃないの……無理なの。

「えっ……そう、なの……」

火の精霊って火は平気なものだとばかり……。それなら、あの子はチュー助を助けるために？　しょんぼりしたチュー助を抱えて、オレはそっと冷えた溶岩の上に降り立った。

チュー助が落ちた原因の精霊。だけど、チュー助が助かる要因になった精霊。たった数秒、だけど、その数秒がチュー助を救った。ありがとう……君が命を懸けた数秒、無駄にしなかったよ。助けてくれて、ありがとう。諦《あきら》めきれないチュー助を抱え、感謝を込めて、黙祷《もくとう》する。

『あ、主！　あそこ！　あれ見て！』

ひび割れに覗く明るい溶岩を指して、チュー助が一生懸命オレの服を引っ張った。

チュー助の気が済むまで付き合おうと一歩踏み出したオレを、シロがひょいと持ち上げて背中へ乗せた。

だけど、溶岩の側まで近づいたものの、チュー助は肩を落として首を振った。

「……行こうか」

こくりと頷いたチュー助を連れ、振り返ろうとした時、ふわっと火の粉が舞った。

「あ……精霊の、かけら？」

ふらりと溶岩から漂ったのは、ごくごく小さな精霊のかけら。

『これ……これきっと、あいつだ！　主、きっとそうだ！』

嬉しそうなチュー助に、ラピスが首を傾げた。

――どうしてかけらが残るの……？　跡形もないはずなの……。

『生命の魔力、いっぱい。スオーもいる』

オレから溢れた魔力が、もしかして精霊さんに少しでも届いたんだろうか。だけど……。

ふよふよとこちらへ近づく精霊のかけらは、今まで見たどのかけらよりも弱々しかった。それはまるで、最後のお別れに来たかのように。

『頑張れ！　ほら、一緒に行けるぞ！　ほら、もっと頑張れって！』

時々すうっと見えなくなる小さな炎は、意思があるかのように揺らぎながら近づいてくる。

「ユータ！　それはかけらだ。魔力を渡すなよ、魔物になるぞ！」

「えっ……」

手を差しのべようとして、カロルス様の声に驚いた。

――かけらに意思はないの。魔力を吸うだけ吸って暴走するの。魔物と変わらないの。

でも……でも、このままだと消えてしまう……。

『大丈夫だって！　あいつ、根性あるから、きっとまだ生きてる！　ほら、行こう！』

チュー助がオレの腕から身を乗り出して、うっすらと透ける炎に手を伸ばした。

「あっ……チュー助！」

その時、伸ばした小さな手の先で、水中に手を入れたように炎が揺らぎ――ふわっと消えた。

『えっ……？』

手を伸ばしたまま、チュー助が呆然《ぼうぜん》と宙を見つめる。

『行けないって、思ったのかな……』

シロが悲しげに鼻を鳴らした。チュー助はゆっくりと俯《うつむ》くと、オレの腕をきゅっと握った。

『主、あのさ、あいつ、主に連れていって欲しかったんだ。だから、だから……』

うん。いいよ。オレと、チュー助と、一緒に行こう。オレは、精霊のいた空間にそっと腕を広げた。

『ゆうた、大丈夫なの？　ドレインは……』

でも、この空間にはもう何もいない。あるのはただの魔素。深呼吸するように、周囲の魔素を集めて吸収する。小さな体に集めた魔素は、まるで本物の火のように熱く感じた。

『ゆーた、熱いよ？　大丈夫？』

シロが不安げな顔でオレを見つめた。どうやら実際に体も熱くなっているようだ。そっと自分の体を抱きしめて、呼吸を落ち着けようと試みる。

――!?　ユータ、それラピスがもらうの！

ダメだよ、これはオレが……。そう言うより早く、ふっと体が楽になった。

ラピス!?　慌てて振り返ると、ラピスがカッと眩《まばゆ》く光を発した。

――……大丈夫なの。ほら！

眩い光が収まった時、小さな小さなものがオレの腕の中に飛び込んできた。

『えっ……？　え？』

オレの腕の中……いや、チュー助の腕の中に、もそもそと動く小さなもの。

「チュー助、なにそれ？」

『俺様、分かんない……』

ラピスがすいっと飛んでそれを確認すると、オレの肩に落ち着いた。うんうんと1人納得したようなラピス。チュー助の腕の中で、ふわふわしたそれはひょいと顔を上げた。

ぴこんぴこんと立ち上がった三角の大きなお耳、くりくりとしたつぶらな瞳。

「え……管狐……？」

幼く小さな、ぬいぐるみのような管狐。そして、何よりその体毛は燃える炎の色をしていた。

チュー助は炎色の管狐を掲げるように持ち上げて、まじまじと眺めた。

――それは管狐じゃないの。弱っちいの。

『……まさか……』

訝るようにじいっと見つめると、管狐はぱたぱたと楽しそうに手足を動かした。

『いっしょ……いく！』

チュー助は大きく目を見開いた。

――本当に根性あったの。魔素の中にほんのちょびっと意思が残ってたの。

ラピスは、見込みがあるの！　と鼻息を荒くした。

「えっ……？　じゃあ、じゃあこの管狐が……火の、精霊……!?」

――そのかけらなの。ユータが取り込んで、ラピスが受け取ったから上手くいったの。

チュー助がくしゃりと顔を歪《ゆが》めて抱きしめると、管狐……火の精霊はきゃっきゃと笑った。

「ね、チュー助、名前……名前つけてあげて」

『お、俺様が……？』

溢れる涙を拭って促すと、チュー助は濡れた瞳でおろおろと視線を泳がせた。

「だって、チュー助がとっても好きみたいだから、きっとチュー助がつけた方が喜ぶよ」

『ちゅーしけ！　ちゅーしゅけ！』

腕の中で落ち着かない精霊を抱きかかえ、チュー助はうんうん考えてオレを見上げた。

『あのさ、最後に見た姿、チョウチョみたいな翅があったんだ。俺様、きれいなチョウチョの名前にしたい。主、チョウチョの名前を教えて』

真剣に考えたチュー助のために、思いつく限りのきれいなチョウチョの名前を挙げていく。

「えっと、モンシロチョウでしょう、アゲハにモルフォに……うーんと……」

『アゲハがいい！　うん、お前はアゲハだぞ！　そんで俺様が親分だ！』

チュー助が嬉しそうに胸を張って言うと、精霊も楽しそうに笑った。

『あえは！　おやぶ！』

『チッチッチ！　ア・ゲ・ハ！　お・や・ぶ・ん!!』

『ちっちっち！　お・や・ぶーー！』

チュー助の手振りまで真似して、ぶーっとよだれを飛ばしたアゲハに、オレは大笑いした。なんだか、とても涙が溢れて止まらなかった。


「ムッムッムゥ～」

『んっんんっん～』

馬車の窓に張りついて、ムゥちゃんとアゲハが左右に揺れながらご機嫌に歌っている。アゲハはちょっとリズムがおかしいけど、それもまたかわいらしい。現に、エリーシャ様とマリーさんが大変なことになっていた。

もうすぐロクサレンが見えてくる。ひしひしと感じる旅行の終わりに、なんだか気怠い寂しさが募《つの》る。でも、やっとお家だという安堵感もあるのが不思議だ。

「火の精霊がこんな姿になるのは初めて見たよ。なんだかおもちゃみたいだね」

セデス兄さんがつんつんとアゲハをつつくと、きゃあ、とはしゃいだアゲハがころりと窓枠から落っこちた。

『あぶなーい!!』

ズザーっと滑り込んだチュー助が、小さな体をもふっとキャッチする。

『おやぶ！』

『アゲハ！　危ないからそんなところではしゃいだらダメ！　俺様の側にいること！』

『あいあい！』

チュー助のお兄さんっぷりに、吹き出しそうなのを必死に堪えた。変われば変わるもんだなぁ、チュー助もお兄さんになって、少し頼もしくなるだろうか。

当初はパワフルな幼さに振り回されっぱなしだったけど、やっとオレたちも慣れてきた。

『育児って大変なのね。どうしてこんなに元気なのかしら……大した魔力も持ってないのに』

――弱っちくて危なくてしょうがないの！　早く鍛えるの！

アゲハは管狐と同じように生み出されたけれど、ラピスが使った魔力は、ほぼあの時オレが吸収した魔素だけ。このぬいぐるみのような生き物は、今は生きているだけで精一杯だ。管狐のようにふわふわと飛ぶこともできず、もちろん魔法なんて使えない。なのにあちこち駆け回るので、一生懸命追いかけ回すチュー助の方が先にダウンしてしまいそうだ。

「チュー助おつかれさま。アゲハ、おいで～」

『あうじー！』『主ぃー！』

一応、オレのことを主だと思ってくれているようで、すぐに来てくれる。じっとはできないけれど。ぐったりしたチュー助を撫でながら、アゲハを手のひらに乗せて外を見せてあげた。

「ほら、もうすぐロクサレンだよ。オレは今学校に行ってるけど、お家があるんだよ」

『あえはも、おうち？』

「そうだね、アゲハのおうちもオレたちと一緒だよ」

じっとオレを見つめていたアゲハは、嬉しそうにぴょんぴょんと飛び跳ねた。


「ただいまー！」

正面扉から駆け込んだら、執事さんが柔らかく微笑んでオレを抱きとめてくれた。

「お帰りなさいませ。ご無事で何よりです」

「楽しかったよ！　あのね、新しい仲間も増えたの。お土産も買ってきたよ！」

執事さんの言っていたお団子は、あの地域特産のお芋《いも》を使ったスイートポテトみたいなものだった。上品なお芋の甘さとバター、ほんの少し入った果実酒がほんのり香る、なかなかの逸品だ。

「ありがとうございます。さっそく紅茶を淹《い》れましょう」

紅茶の香りを吸い込みながら、ゆったりとソファーに身を沈めると、居心地のよさにひとりでに口角《こうかく》が上がる。ああ、おうちっていいな。

「そんなことが……噴火は予定外でしたね」

「おう、でもあの程度の噴火はたびたびあるだろ？　こいつがやらかさない限り、どうってことなかったんだけどな」

やらかしたのはオレじゃないよ！　チュー助とアゲハだよ！

「どうしてユータちゃんは普通に旅行を楽しめないのかしら……」

「今度旅行に行くなら街中にしたらどう？　とりあえず魔物は出てこないしさ」

オレはトラブルばっかり起こ――じゃなくて見舞われるけれど、旅行に連れていかない、なんて台詞が出てこないのが嬉しい。

「ねえ執事さん、あとでこれ以外のお土産があるの！」

「私に？　それは楽しみですね」

少し驚いた顔で、執事さんはそっと微笑んでくれた。


「あ、あの……ユータ様？　何をなさるのです？」

「温泉だよ！　着替えて！」

日暮れ時になって、執事さんにあの温泉用の腰巻きを押しつけると、ぐいぐいと引っ張っていく。オレの方は浴衣もどきを羽織って既に準備完了だ。

「こ、これは……!?」

「大丈夫、カロルス様がいいって言ったよ！」

今日だけって約束で、広いお庭の一部を土魔法で大改造したんだ。執事さんが嫌がるかなと思って、きちんと周囲も囲ってある。ものすごく魔力を使うけど、まず大雑把《おおざっぱ》にラピスがやって、オレが修正することで魔力の節約をしているんだ。

「なんと……」

もうもうと湯気を上げる露天風呂を見て、珍しく執事さんが言葉を失っている。

「あのね、オレの故郷ではいろんな温泉があったんだよ！　旅行のお礼に、執事さんに味わってもらいたいなって思ったの」

旅行っていうのは、道中も含めての体験だ。オレの転移で執事さんを火山に連れていくことはできるけれど、それではなんだか違う。だから、執事さんにも普段と違う体験をプレゼントできたらなって思ったんだ。お手軽な銭湯《せんとう》形式ではあるけれど……。

「執事さんも一緒に温泉入ろう！」

「ふふ、ありがとうございます。まさか、これほどとは……」

少々面食らいながらも、執事さんはちゃんと着替えてくれた。

「見て！　これが気持ちよかったんだよ！」

「おや、さすがユータ様の収納ですね。萎《しお》れずに持ち帰られるとは」

得意げに取り出したのは、あのフロートマフ。さっそく洗い場で執事さんの背中をごしごしやると、あちこちに傷があるのが見て取れた。なかなかの年齢だと思うけど、服を脱いだ姿は、剣士みたいにしっかりと鍛えられている。魔法使いなのに、肉弾戦で十分活躍できそうだ。

「やっぱり執事さんも冒険者さんなんだね。ガッチリしてるし、いっぱい傷があるよ」

「そうでしょう、私はマリーたちほど体が丈夫ではありませんからね。傷は多いですよ」

歴戦の証《あかし》のようでカッコイイと思ったけれど、執事さんは実力不足です、と笑った。そういえばマリーさんやエリーシャ様は主に体を武器として戦うけれど、傷がないんだろうか。

「彼女らは身体強化のエキスパートです。あのレベルになるとそうそう傷はつきませんし、治りが早いのでまず残りません」

「そうなの！　すごい……！」

そっか、だからエリーシャ様は厨房を爆破しても傷ひとつないんだ。

「さあ、ユータ様が冷えてしまいますよ。あちらで浸かればよろしいですか？」

石で造られた露天風呂に肩まで浸かって仰のくと、夕暮れから夜に変わっていく空が見事なグラデーションを見せていた。

「……素晴らしい」

執事さんは石の縁《へり》に両腕をかけ、同じように空を見上げて呟いた。髪も服も、いつものようにビシリとしていないせいだろうか、少し口角を上げたその姿は、随分とリラックスしているように見えた。

「あのね、お宿の温泉からは火山が見えて、すごくきれいで。それで長湯しちゃって――」

「ふふ、楽しかったのであれば、それが何よりです」

オレの頭に手を置いて、無防備に笑った。その珍しい表情に自然とオレも口角が上がる。

「オレもね、執事さんが楽しかったら嬉しい」

「……なるほど。それは降参するしかない」

満面の笑みを浮かべると、執事さんは参ったと額に手を当てて苦笑した。

◆◇◆◇◆

寮の部屋に入った途端、大きな硬いものがぶつかってきてガシリとオレを捕まえた。完全に浮いた足がぷらぷらして、どんどん広がる身長差を思い知らされる。

「うおーユータぁ！　会いたかったぜ‼」

ひしっとオレを抱きしめるタクト。その万力《まんりき》のような締め上げはマリーさんを彷彿《ほうふつ》させた。

「いてぇっ！」

と、ビシッと軽い音と共にタクトが肩口に頭を伏せる。ラキ、お見事！

「タクト、集中～！　ここ終わったらユータと遊んでいいよ～」

「ふぁい……」

頭をさすりながら、しおしおと机に戻っていく。おや、随分素直に勉強するようになったんだなと――少しやつれたタクトにちょっとばかり背筋が寒くなった。

「ユータ、お帰り～。もっとギリギリまで家にいるかと思ったよ～」

「ただいま！　ラキたちもお帰り！　いっぱい遊んだからもういいんだ！」

能面のような顔で課題をこなすタクトを尻目に、オレは今回のお土産を広げた。

「ラキたちはお休みの間依頼受けてたの？」

「そうだね～。なるべくタクトの避けてる依頼をこなして、あとは長期依頼に向けて集中講座やってたよ～！　あとタクトのお父さんを手伝ったり、実りのあるお休みだったよ～」

「そ、そう……」

やつれるわけだ。乾いた笑みを浮かべたところで、胸ポケットからアゲハが顔を出した。

「ユータ、なにそれ～？　管狐じゃなくない～？」

「う、うん……火の下級精霊だったんだけど、色々あってこうなったの」

「なにがあったらそうなるの～。まあ、今さらだけど～」

オレのしどろもどろな説明に、ラキがふう、とため息を吐いた。随分あっさり受け入れられて拍子抜ける。実際、精霊より管狐の方が珍しいから今さらなんだろうか。

「ねえ、このお団子は食べちゃっていいの～？　こっちのは形が違うね～？」

「いいよ！　よく合う紅茶も淹れてもらってるんだ！　こっちはオレが作ったやつ！」

丁寧に裏ごししたお芋のねっとりとした食感に、香ばしい焼き目。こっくりと甘く、食べ応えのあるスイーツ。バニラエッセンスはないけれど、新鮮なバターと生クリームを使ったスイートポテトは地球で食べていたよりずっと美味しく感じた。

「なあ、俺もここにいるんだけどさ……。そろそろそっち行っていいか？」

「終わったの～？」

「…………まだですぅ!!」

頑張れタクト……オレにはただエールを送ることしかできないよ……。哀れなタクトの背中を見つめて、オレはそっと目頭を押さえた。

3章　ユータの身体強化

「――つまり、身体強化は向き不向きが非常に大きいってことッス。できない人は頑張ってもできないんでーそのへんは諦めて下さいッス」

身も蓋《ふた》もない説明だなぁ……。マッシュ先生が教える体術の授業は、いよいよ身体強化の実施段階に入っている。退屈な説明を乗り越え、オレがとっても楽しみにしていた授業だ。

身体強化ができたら、もし、万が一……これは可能性の話だけど、その、将来思うように大きく逞《たくま》しくなれなかったとしても……マリーさんみたいにすごい力を発揮できるんだから。

「それにしても……オレ、身体強化って魔法の授業でやるんだとばっかり思ってたよ」

「そんなわけねえだろ、身体強化できる魔法使いなんて見たことねえよ？」

「えっ……？」

衝撃を受けたオレに、タクトが怪訝《けげん》な顔でオレを見た。

「え、じゃねえよ。まさかお前、知らねえの？　なんでこの授業受けてんだと思ったら……」

そう言われてみれば、身体強化を使うのって体術で戦う人たちで……当然ながら魔法使いでそんな人は見たことなかった。

「え？　お、オレ……使えないの……!?」

まさかそんな!?　頑張ったら誰にでも使えるとばっかり……。

「い、いや、分かんねえよ!?　お前ってフツーじゃねえし！　ちょっとおかしいとこあるから！」

呆然と涙を溜めて震えるオレに、タクトが追い打ちをかけた。それ、絶対慰《なぐさ》めてないよ……。

「ちなみにー、向き不向き……適性ってのはやる前にある程度分かるッス。ま、身体強化が得意な人たちを思い浮かべると分かると思うんすけどー……はい、誰か分かる人ー？」

他人が判断できるようなこと？　魔力量とか？　でもそれって見えないし。それに魔法使いがダメなら魔力量は関係ない。首を捻《ひね》るオレを尻目に、はいはい！　と元気に手が挙がる。

「体格がいい人！」「強そうな人！」

「うーん惜しいッスね～。冒険者で体術が得意な人を思い浮かべてみるッス」

再び元気に挙がるたくさんの手。みんな、当てずっぽうで答える勇気が素晴らしい。

「頭悪そうな人！」「声がでかい人！」「不器用な人！」

それはただの悪口では。マリーさんたちには当てはま……当てはまら……。脳裏《のうり》にオレの名前を絶叫しながら駆け寄るマリーさんとエリーシャ様がよぎって、考えるのをやめた。

「あの……みんな、先生が身体強化の適性がある人に分類されてるって知ってるッスよね……？

間違ってるとも言い難いのが辛いッス……」

マッシュ先生がどんよりと肩を落とした。確かに、マッシュ先生も声は大きい。不器用そうだし、頭は……まあ、そっとしておこう。

「ちなみに、このクラスで一番適性高そうなのは……タクト君ッス！」

「じゃあ合ってるじゃん！」「正解⁉」

喜ぶみんなの中で、適性があることを喜べばいいのか、それとも怒ればいいのか、タクトは複雑な顔をして固まっていた。

「ごほん。絶対じゃないッスけど、適性の高い人の性格には偏りがあるッス。熱血漢、戦闘好き、大らか……まあ、声も大きい人が多いかもしれないッス」

うわぁ……タクトだ。それに、もしかしてカロルス様も使えるのかな？　確かにあの力は筋力だけでは説明できないかも。一方セデス兄さんと執事さんは無理そうだ。

「だからラキはこの授業受けてなかったんだね……」

「はは、ラキは無理だな！　のんびりだし、戦い好きじゃねーし、細かいことでぐちぐち……」

ハッとしたタクトが素早く机の下に身を伏せた。

「……何やってるの？」

「……え、いや……なんでもねえ」

タクト、すっかり調教されてしまってるね。

「じゃあやってみるッス！　今までの授業を真面目《まじめ》に聞いていて、適性があれば難しくはないはずッス。そもそも、適性のある人は既に自然と使ってることが多いッス」

なるほど。タクトが異様に力持ちなのは、もしかして既に身体強化をしているってことなのかな？　オレはルーの加護の影響で、力だって多少底上げされているはずなのに、一般人と大差ない。本当に適性がないってことだろうか。で、でも、やってみないことには！

「あ、ユータはこっちへ。他のみんなは始めていいッスよー」

先生に呼ばれて首を傾げつつ駆け寄ると、そっと耳打ちされる。

「ユータ、本当にやるッスか……？　魔力が多い人がやると危ないッス」

そういえば、ずっと前にマリーさんも魔力が大きいと損傷を来《きた》すとかなんとか……。言われて見れば、授業を受けているのは魔力の少ない生徒ばかりで、タクトが多い方だ。まあ、魔力が多ければ魔法使いになるから、当然と言えば当然だ。

「オレ……やっちゃダメ？」

「どうしてもって言うなら止めないッスけど……。危ないと思ったらコレで止めるッスよ？」

マッシュ先生がトン、とでっかい拳をオレの腹に当てた。じ、実力行使!?　もう少し優しい方法はないのだろうか。その拳で殴《なぐ》られたら、それこそ損傷を来すような気がするけど!?

で、でも、いくら実力行使といってもさすがに驚かせる程度だろうし――。

「意識が飛ぶよう、思いっ切りやるッスよ？　でも心配無用、君のために回復薬持ってきたッス！　これがあれば医務室行くまではちゃんともつッスよ！」

きらりと白い歯を光らせて、マッシュ先生が爽《さわ》やかな笑顔で瓶《びん》を差し出した。その目は決して笑っていない。……ぜったい、絶対失敗しないようにする!!

「お、おねがい、します……？」

「その意気ッス！　やる前から諦める賢さより、そういう頭悪いところ、好きッスよ！」

にかっ！　青空のような気持ちのいい笑顔につられ、へらりと笑う。だけど、それは褒め言葉だろうか？

目の前で拳を握ってニコニコしている先生がものすごく怖いけれど、やるしかない。周囲では既に成功した生徒たちが喜んで跳ね回っていた。もちろん、タクトも……。

「うう……いいなあ……」

「ユータ、集中するッス」

先生の声に、目を閉じて雑念を頭から追い出した。えっと、体中に力が染み出すように、だっけ。この場合、力っていうのは魔力だろう。えーと、多分剣に魔力を通して威力を上げるように、自分の体、それも筋肉や骨に魔力を通す感じなのかも。普段は血管をめぐるようなイメージで流れる魔力を、じわじわと染み出すように漏出《ろうしゅつ》させていけば……。

そうは思うものの……。これ、言葉で言うほど簡単じゃないかもしれない。血管のイメージはできるけれど、血管から何かが漏れ出すイメージなんてできない。

「ユータ、考えずに感じるッス！　これは魔法じゃない、くそ難しい呪文とかいらないお手軽なものッス！　身の内に湧き上がる力を感じるッス‼」

感じるってことができないから考えてるの！　どうやら身体強化は感覚派かどうかっていうのも大きいような気がする。う一ん、血管から漏れ出す……でも、血液が漏れ出す想像をしちゃうことこそが、損傷に繋がる原因である気がする。

——ユータ、がんばるの！

「ピ！」

両側からそっと寄り添う、ラピスとティアの温もりが伝わってくる。

「うん、ありがとう……あ！」

そうだ、これはどうだろうか。

「……お？」

ぎり、とマッシュ先生が拳に力を入れたのを感じた。待って、待ってよ？　多分、掴めたんだから……‼　慎重に慎重に……。

全身に魔力が行き渡って、そっと目を開けると、先生は真剣な顔でオレを見つめていた。

「……ふーっ。ひとまず、危険なことにはならなそうッスね」

先生もだいぶ緊張していたんだろう、ホッと拳を解いて腕を下ろすと、爽やかに笑った。身体強化ができているかどうかは分からないけれど、オレの全身がふんわりと魔力を纏《まと》っていることは分かる。それはとても心地よい感覚だ。

イメージしたのは体温。体の真ん中で生み出された体温が、血流に乗って隅々まで温めるように……。

「それを維持できるッスか？　重りを持ってくるから待ってるッス」

身体強化できているかどうかは、外見上で分からないらしい。重りを持ち上げてみて、その強化具合を推し量るそう。みんなが楽しそうに放り投げているの、もしかして重りだったんだ。

マッシュ先生が離れると、タクトが側へやってきた。

「よ、できたか？　……ユータ？　なんかお前、変だぞ」

「えっ？　何が変……？」

身体強化で見た目に変化なんてないはず。現に、タクトに変化はない。

「なんつうか……。その。あー、あとでラキの前でもやってくれよ！」

どうして言い淀《よど》んだの!?　少し不安に思ったけど、戻ってきたマッシュ先生は特に何も言わない。タクトの気のせいじゃないだろうか。

「ユータ、持ってみるッス」

先生がたくさんの重りを置いた。さすが先生、これをいっぺんに持ってきたの？

横合いから手を出したタクトが、一番大きな重りをひょいと持ち上げてみせる。

「うわぁ……すごい！」

「ふむ、さすがッスね。適性は十分だったッスからね」

あんなことができるなんて！　オレもわくわくしながら大きな重りに飛びついた。

「……何やってんの？」

……持ち上げようとしてるの‼　だけど、いくら顔を真っ赤にしても、大きな重りは残念ながらピクリとも動かなかった。

「ま、まあユータは元々適性ないッスからね。仮に身体強化できていたとしても、そこまで変化はないかもしれないッス」

そんな慰め、ちっとも嬉しくない！　少しむくれつつ、次々重りを小さくしていった。だけど、結局ただの1つも持ち上がらない。

「くうっ……ほ、ほら、持ち上がったよ！」

よっこらよっこら、一番小さな重りをどうにかこうにか持ち上げ、満面の笑みを向ける。

「……いやーユータ。言っちゃ悪いけど、それフツーだと思うぞ」

「そうッスねー。全然強化されてないッスねー」

ズバッと言い切られて、がぁんと目の前が暗くなった。ええ……じゃあこれ、何？　魔力をめぐらせても、なんの意味もないの……？


「――ねえ、さっきからユータはどうしたの～？」

「いじけてんじゃねえ？　身体強化できなかったからなー」

部屋に帰るなり布団の中で丸くなるオレに、ラキが怪訝そうな声を上げた。だって、すごく楽しみにしていたのに……。できたと思ったのに。

「あ、そうだ、ユータさっきの身体強化もどき？　アレ見せてくれよ」

遠慮なしに布団をまくって、タクトが覗き込んだ。

「どういうこと～？　身体強化はできなかったんでしょ～？」

「いや、できなかったんだけどさ、なんつうか、その……まあ見てくれよ！」

そんなにできないできない言わないでよ……オレ、一応傷心《しょうしん》中なんですけど。そんなことはお構いなしの2人が見せろ見せろと言うので、もう一度やってみたらできるかもと淡い期待を抱く。だって魔力が体に行き渡っているのに、何の変化もないってむしろ変じゃない？

ふう、と息を吐いてさっきの感覚を呼び起こす。一度感覚として覚えてしまえば、再現はそう難しくない。心地よさが全身に広がって、身体強化もどきが完成した。ふわりと目を開けると、ラキたちがじっと見つめていた。

「……な？　違うだろ？」

ほら、ほら言ってやれよとタクトがラキをせっついた。

「うん、変化を感じる時点で身体強化じゃないだろうね～。なんかユータ、きれいだよ～」

「……きれい？」

さらりと口にしたラキに目を瞬《また》いた。きれい……とは？　ただ言えることは、そんな効果はいらないってこと。

「そう、きれい～。う～ん、体の中から光ってるような、そんな感じがするよ～？」

ふうん？　でもオレの体を見ても、実際に光っているわけではない。

「でも、先生は何も言わなかったよ？」

「だって先生は毎日見てねえもん。ユータは元々そういうもんって思ってんだよ」

「そうだね～あからさまに分かるような感じじゃないよ～。『あれ？　今日きれいだね、髪型変えた～？』みたいな感じだよ～」

またもやさらりと言ったラキに、オレとタクトがぎょっと目を見張った。も、もしかして……ラキってモテるタイプ？　オレ、表情変えずにそんな台詞言えそうにない……。

悔しそうな顔をしたタクトが、ぼそぼそと練習している……散々にどもってしまって、まるでダメだ。やれやれと肩をすくめたオレに気付いて、タクトが食ってかかった。

「お前だって無理だろ！　ほら、言ってみろよ」

舐めないでほしい。ちょっと恥ずかしいけど、タクトほどじゃないよ！

「えっと、きょ、今日……」

どうしたことだろう、意識すると途端に恥ずかしくて堪らない。ぶわっと顔が熱くなったのが自分でもよく分かった。

「アウト～！　お前、鏡見てみろよ。俺の方がまだマシだっつうの！」

張り合うオレたちを見るラキの目は、とても冷たかった。


「――今日もとってもきれいだね。本当に素敵だよ！　手触りだって最高！」

ほら言える。意識しちゃうからダメなんだ。ふかふかの被毛《ひもう》を撫でさすりながら口にすると、金の瞳が何言ってんだコイツ、と言わんばかりに細められた。

オレはいつものごとく、この傷心をルーの極上毛並みで癒してもらおうとブラシを滑らせている。持ち上がったしっぽの先が、機嫌よさそうにぴこぴこと動いていた。

「あのね、今日身体強化の授業だったんだけどね、できたと思ったのにできてなくて……」

「お前はできねー」

ズバリと言い切られて、思わずルーの上に突っ伏した。

「……ど、どうして⁉」

「どうしてもこうしてもねー。てめーは、生命の魔力が強すぎるから無理だ」

ええ⁉　生命魔法って身体強化と相性よさそうなのに⁉　確かに回復術士は最も体術なんかと縁遠いイメージだ。神官さんなんて法衣《ほうえ》だもの、ものすごく動きづらそう。

「じゃ、じゃあ、これはどうなってるの？」

ガックリしつつ、オレなりの身体強化をやってみせると、ルーはスッと目を細めた。

「……それは言うなれば『回復強化』だ」

「回復強化？　じゃあ、ケガしてもすぐ治るってこと？」

うーん、それはそれで便利だけど……あんまりカッコよくない。ケガする前提で治りが早いより、傷ひとつつかない方が断然カッコイイと思うんだ。

「ほっほっほ……回復強化の方が、よほど得がたき力よ。ぬしは何がそのように不満じゃ」

いつの間に現れたのか、柔らかな下草を静かに踏み分け、お爺さんが歩み寄ってきた。

「サイア爺さん！」

「サイア爺でよいとも、ユータや」

わあっと飛びつくと、細いお爺さんは軽々とオレを持ち上げた。サイア爺は大きな大きな、とても大きなお魚だから、人の姿であっても案外力持ちなんだね。

「どうしたの？　今日はマーガレットさんは？」

「あ奴は修行中じゃ。連れてくるとうるさいでな」

見に行ってくる、とそわそわして飛んでいったラピスにくすっと笑った。時々会いに行っているみたいだし、２人はすっかり仲良しだね。

「てめー、なんで来た」

「別に構わぬじゃろう、ユータが来ていると思うたのでな」

むくれたルーのご機嫌を直そうと、肩に跨って丁寧に耳後ろをブラッシングしてあげる。

「おうおう、トンガリ小僧も随分丸くなりおって」

「うるせー!!　だから来るなっつうんだ!!」

もう、せっかく心地よさそうにしてたのに。サイア爺に視線で「メッ！」とすると、再び手を動かした。不機嫌にぶんぶん振られたしっぽが徐々に大人しくなっていく。

「それで、回復強化って珍しいの？」

「おうとも、それはそれは珍しいとも。儂《わし》が見たのは、ぬしで……多分２人目じゃ」

サイア爺はちょっと視線を外しながら言った。怪しい、それ多分思い出せないだけじゃないの？　でも、そのくらい珍しいことには変わりないね。

「珍しくなくていいから、身体強化したかったよ……」

「それは残念じゃのう、時に、儂の加護に入れれば体は丈夫になるんじゃがのう。残念じゃ、今はそ奴の加護が強いでな、儂の加護が十分に効力を発揮できんのぅ……」

ギン！　ルーが、燃え上がりそうな金の瞳でサイア爺を睨みつけた。そうなんだ、加護ってひたすらに重ねられるわけじゃないんだ。

「オレにも加護をくれたの？　ありがとう！」

「真名《まな》を教えたじゃろう？　これで繋がりができておるからの。加護も、もちろん渡しておる。身体強化には及ばぬが、『鱗《うろこ》』の加護がついておるよ」

そうなんだ！　知らなかった……。どうやら軽いシールド効果のようなものらしく、あとは水との相性もよくなっているそうな。

＊＊＊＊＊

「――じゃあ、またね！　サイア爺のとこにも今度遊びに行くね！　ケンカしないでよ！」

ブラッシングとおしゃべりで穏やかな時間を過ごし、ユータは満足して手を振った。それに見向きもしないルーと、にこにこと微笑んで手を振ったサイア爺。

「……ほんに、よい子じゃ。随分と成長が早いの。さて、儂も帰るか。マーガレットの成長は……早いとは言えんかのう」

早く帰れ。無言でしっぽを振ったルーに苦笑して、サイア爺はフッと掻き消えた。

ルーは誰もいなくなった湖のほとりで四肢《しし》を伸ばして横たわると、ユータの消えた空間をじっと見つめた。

「…………ゆっくりでいい」

小さく呟いた黒い獣は、随分と長くそのまま動かなかった。まるで遺体のようにだらりとしたその体を、冷えた風が撫でていった。

＊＊＊＊

「見て見て～！　すごい？　サイア爺にはすごいって言ってもらったんだ！　本当は身体強化したかったんだけどね」

絶対褒めてくれると確信して、回復強化してみせる。できないことより、できたことを褒めてもらいたかった。ほの暗い秘密基地の中で、オレの周囲を3つの光が明滅する。

『きれいー』『きらきら！　すごいねー』『とってもきもちいいね～』

ふわふわ漂う光は、予想に違《たが》わずくるくると楽しげに舞い踊る。素直に褒めてくれる妖精トリオに、首をすくめてえへへとはにかんだ。

『時に、サイア爺とは誰じゃ？　随分と知識豊富な御仁《ごじん》と見えるの。ワシも回復強化なんぞ見たことないからのう』

チル爺が興味深げにオレを眺めて言った。そっか、チル爺に言ってなかったもんね。

「あのね、でっかいお魚の神獣さんで――」

『あーーっ！　……なんじゃって？　はて、聞こえんかったのう。年は取りたくないものじゃ。さて！　それ以外に何かあったかのう？　それ以外で！』

『ここで登場！　俺様！』『と、あえはー!!』

チュー助とアゲハが、見事に左右対称のシャキーンをして登場した。ちなみにアゲハは短剣に入れないので、オレのポケットやカバンの中に入っていることが多い。

『それはなんじゃ？　精霊……ではないの？　管狐殿とも違うようじゃが』

「うーん、ちょっとややこしいんだけど……」

オレのざっくりとした説明に、チル爺が頭を抱えた。

『そんなことが可能なのかのぅ……？　いやしかし実際にこうして……いやはや、天狐《てんこ》様のお力は偉大じゃと、そういうことじゃ、そういうことにしておこうかの』

チル爺はいつものようにちょっと疲れた顔で髭を撫でた。

「それがね、アゲハは精霊で管狐なのに飛べないし、精霊としても管狐としても力がない感じなんだ。普通の動物みたいなの」

チュー助と同じく与えた魔力を吸収できるから、多分精霊に近いんだろうと思う。好き嫌いが多いけど、食事も普通にとれる。

――アゲハは管狐じゃないの、見た目だけなの。もっと精霊っぽいことができるはずなの。

ラピスがそう言うなら少なくとも管狐ではないんだろう。チル爺なら何か分かるかもしれないと、オレたちの視線が自然とチル爺に集まった。

『ご、ごほん。そうじゃの……時にユータや、魔力は与えておるかの？』

「うん、チュー助と同じ時に少しだけど」

『おそらく、それじゃの』

えっ？　ダメだった？　驚いてチル爺を見つめると、ふるふると首を振った。

『別に悪いわけではないとも。ただ、そ奴は火の精霊で、まだ自分で魔力を生み出すほどに成長しておらんのじゃろう。じゃから、渡す魔力を火に寄らせてみてはどうじゃ？　ただし、生命の魔力も切らしてはいかんぞ、おそらく消えてしまうからの』

な、なるほど!!　でも、火の魔力か……火の魔素を集めたらいいかな？

「アゲハ、おいで～」

とことこやってきたアゲハに、生命の魔力少しと、火の魔素を集めて渡そうと試みる。

『おいしー』

チュー助は魔力を美味しいなんて言わないけど、アゲハは魔力も美味しいらしい。でも、吸収したのは生命の魔力だけ。

「あれ？　こっちもどうぞ」

『いやない！』

プイと顔をそむけたアゲハに困って眉を下げた。

『主ー、それ主の魔力じゃないもん、アゲハ吸収できないぞ！』

ええー魔素のままだと無理なの？　一旦オレが取り込んで渡す……と。

『こえも、おいしー』

どうやらお気に召したようだ。たっぷりと取り込んだところで、固唾《かたず》を呑んで見守った。

『……んー、別にこれといった変化はないわね』

そうだね、何か起こるかと期待したんだけど。

『アゲハ！　火の精霊モードだ！　やってみな？　ほら、へーんしん！』

『へーんしん？』

チュー助のポーズだけ真似してみても、当然変化なし。

『アゲハ、精霊に変身できたら俺様と一緒にここへ入れるぞー』

諦め切れないチュー助が、ひょいと短剣に飛び込んだ。

『あえはも！　いく！』

短剣に向かって突進したアゲハが突如、ぼっ！　と炎に包まれる。

「あ、アゲハ!?」

慌てて火を消そうとした時、フッとその姿が掻き消えた。

『アゲハー!!　できたじゃないか！　さすが俺様の子分！』

『できた？　へーんしん？』

短剣から聞こえたほのぼのした会話に、ホッと胸を撫で下ろす。よかった、ひとまず短剣に出入りするくらいはできるようになったようだ。

『できたねー！』『がんばったよ～』『あげはちゃんすごーい』

妖精たちがお祝いするようにきらきらと輝いた。少しずつ練習して精霊らしくなれば、日常生活でひやひやすることも減るだろうか。

さて、チル爺たちと別れたあとは、久々に外の平原でのんびりと草むしり——ならぬ薬草採りに精を出していた。たまには、こういうのもいいと思うんだ。

『あなたは昔から、地味なことが好きよね……』

じ、地味かなぁ。薬草採りって、とても冒険者らしいと思うんだけど。それに、黙々とできる作業って無心になれて好きなんだけどな。

「最近物騒なことが多かったから、こうしてゆっくり薬草採取もいいものでしょう？」

『うん！　とってもいいよ！　ぼく、お外好きだよ』

『スオー、薬草はいらない』

シロは嬉しそうに跳ね回り、のびのび体を動かせることがとても楽しそうだ。蘇芳の口の周りが緑であるのを見るに、薬草を食べたんだね……そりゃあ苦かっただろう。

「ふう、ちょっと休憩、たくさん採れたね〜」

むしろ採りすぎてビックリされるやつだ。ちょっと苦笑して、草むらの中で足を投げ出して座った。ほっぺにチクチク当たる草がこそばゆい。ついごしごし擦ると、プンと土の香りがした。いつの間にやら小さなお手々は緑と黒に染まって、少しじんじんとしていた。

「ムゥ！」

よじよじと専用ポケットから出てきたムゥちゃんが、自らの葉っぱを取って、神主さんよろしくオレの手をぺんぺんと叩いた。

「ありがとう、楽になったよ」

些細《ささい》な痛みが和らいで、優しいムゥちゃんににこっと笑う。にこっと微笑み返したムゥちゃんは、はにかんでそそくさとポケットに戻ってしまった。

しゃらしゃらと耳元で鳴る草の音と、遠くからざあっと響く風の音。少し肌寒いけれど、こんな広い空間を独り占めしているなんて、贅沢だ。ぱたりと上体を倒せば、小さな体はすっかり草の中に埋もれてしまって、視界は空と草だけになった。

「……尾形さん、来てくれるかな」

こうしていると思い出す。そろそろ魔力保管庫がいっぱいになる頃だ。きっと尾形さんも来てくれるはず。そうは思うものの、ちょっと掴みどころのない人（？）だからなぁ。

『大丈夫、会いたいと思ってる』

胸の上に座った蘇芳が、オレを見つめて言った。尾形さんが会いたいだなんて、なんだか想像しづらくてくすっと笑った。でも、きっと気に入ると思うんだ。のびのび過ごせるこの世界。

「よし！　もうちょっと頑張るかな！」

『多すぎるんじゃなかったの……？』

張り切って飛び起きたオレに、モモが釘を刺す。えっと、じゃあ食料になる植物を探そうかな！　うずうずと逸《はや》る気分に、何かしていないと落ち着かない。ぱんぱんと手を払ったら、乾いた土がパラパラと風に舞った。

ふんふ〜ん。オレはご機嫌に鼻歌を歌いながら、とん、とんとフライパンを煽る。ふつふつと揺らいだ液体がみるみる形を成していくのが面白い。オレの動きに合わせて、くるりくるりと手前までやってきた卵焼きに笑みが零れた。よしよし、焦げなし、破れなし、とてもきれいな柔肌だ。微かに雨音の響く秘密基地には、ささやかな香りが広がっていく。

おだしの入っただし巻きは、とっても柔らかくて崩さず巻くのが難しい。でもね、やわやわ出来たてのそれ、箸《はし》で掴めばじゅわっとだしが染み出るような……それはもう芸術だ。シンプルな料理なのに、これほど繊細で美味《うま》いものはないと思う。

くるり、くるり、じゅわー。大きくなっていくふんわり卵焼きに、つい笑みが零れる。

「……器用だよなあ」

訓練は終わったのか、タクトがさっきから頬杖をついてオレの手元を眺めている。これはラキ特製卵焼きパンだからね！　やたら繊細な装飾が気になるけど、軽くて扱いやすい。

「タクトもやってみたい？」

くすっと笑ったオレに、タクトが慌てて首を振った。やってみたら楽しいかもしれないのに。そんなに興味があるなら、今度お菓子を作る時にでも誘ってみようかな。再びぼんやりと手元を見つめる視線に、なんだかオレ、お母さんみたいだと思って密かに笑った。

どこか懐かしい香りに包まれながら、出来上がった卵焼きをするりとお皿へ滑らせる。

「はい、あーん」

端っこをちょっと切り落として目の前に差し出すと、よだれを垂らさんばかりにしていたタクトが食いついた。

「うまー！　もっと！」

お母さんじゃなくて、飼い主だったかもしれない。高速で振られるしっぽが見える気がした。

「ダメだよ、お昼ごはんの分がなくなっちゃうからね」

外は雨。せめて秘密基地でランチを食べたいと言うので、せっせとランチ定食作りをしている。恨めしげに卵焼きを見つめるタクトを横目に、お味噌汁とごはんの具合を見つつ、浸け込んだポルクのお肉を取り出した。今日は生姜《しょうが》（？）焼き定食なんだ。浸け込んでいるのはオレとジフ渾身《こんしん》の特製だれ。生姜に似た植物と共にお醤油《しょうゆ》やお酒、だしを使った会心の出来だ。

じゅわあっ。熱したフライパンにお肉を載《の》せると、小気味よい音と共に香ばしい香りがこれでもかと広がった。腹ぺこのタクトがもう机を齧りそうになっている。この香りは罪だよねぇ……生姜をアクセントに、音を立てて焼き上がっていくポルクの香り、そして濃縮されていくたれの香ばしさ。たれに絡んだお肉が艶を増していくのを眺めていると、パチパチと手に跳ねる熱さも気にならない。たらりとよだれが垂れそうになって、慌ててお口を拭った。

厚めにしたお肉を焼く片手間に、キャベツもどきを千切りにしてお皿に盛っておく。

「なあ、これなら食っていいだろ……」

「い、いいけど」

生キャベツの葉っぱをパリパリやり出した姿がなんとも切ない。もうちょっと待ってね。

「ただいま～！　うわあ！　いい匂い～！」

「「おかえり～」」

お、ラキはいいタイミングだね。ちょうど仕上げてお皿に盛りつけてるところで帰ってきた。

オレたちの分はテーブルに、座卓よりもさらに低いテーブルにみんなの分を配ったら、さあ、いただきますだ！　白い湯気を上げるごはんに、たれを絡ませた生姜焼きをドンと載っける。

そして、大きなお口でばくり！　艶めくごはんに肉汁と濃いめのたれが絡んで、ごはんとポルクの甘みをひときわ感じる。うーん、これは……もう1杯ごはんのおかわりが必要かも！

「うんめぇー!!　この肉美味い！　オレ毎日ユータの飯《めし》食いたい」

「美味しい～この卵好きだな～！　僕も毎日欲しい～」

掻っ込むタクトは、既にごはん2杯目に突入していた。ラキはこういうの好きだもんね～！卵焼きもちゃんと収納に入れておいたから、熱々の出来たてだ。お箸を入れるとふるっとするほど柔らかで、とろりとほどけるように優しい舌触り……しみじみと美味しい。

「これからは、雨が降ったらユータの飯だな！」

「雨じゃなくても食べたいなあ～」

お腹いっぱい食べたら、シロを枕に寝転がって幸福の余韻《よいん》を噛みしめていた。雨の中で依頼を受けるのは上級者向けだし、何より楽しくない。依頼を受けたかったとガッカリしていたタクトも、すっかりご機嫌が直ったようだ。

「おーし、腹が落ち着いたら作戦会議しようぜ！」

「なんの作戦～？」

「えーー……まあ、今後のこととか？」

2人の会話を聞きながら、だんだんと重くなっていくまぶたを感じる。寝ちゃっても、いいかな？

お腹が空いてごはんを食べて、眠い時に眠る。こんな幸せなことってあるだろうか。徐々に遠くなっていく会話と雨音をＢＧＭに、こうして過ごせる雨の日も悪くないなと思った。

4章　新たな召喚と、成長する器

「……よし、準備は万端かな」

いっぱいになった魔力保管庫を抱え、オレはきりりと顔を引き締めた。魔力は満タン、体調も万全、ごはんも食べた。尾形さん待っててね、オレ頑張るからね。

毎回毎回、みんなたっぷり魔力を消費するので、魔力回復薬なんかも必要かもしれない。

『あの子はどんな姿で来るのかしらね～』

『きっと、こだわりが強い』

蘇芳は自分のことをすっかり棚に上げてそんなことを言う。確かに、尾形さんもこだわりは強そうだ。相当魔力を使うことを覚悟した方がいいね。

『楽しみだねえ！　ごちそう喜ぶといいね！』

弾むようなシロの声に、オレもわくわくが高まってきた。尾形さんが何を気に入るか分からなかったから、ご馳走《ちそう》用の材料はいっぱい用意したんだ。驚く顔を思い浮かべ、ふわっと笑う。

――じゃあ、ルーのとこに行くの！

「……てめー、また変なものを喚《よ》ぶのか」

「変なものなんて喚んだことないよ⁉」

ルーの言葉はいつも通り冷たいけれど、その視線はどこか気遣わしげだ。召喚《しょうかん》の儀式は必ずここで、そう決めて魔法陣も刻んである。ルーも、この時ばかりは来るなと言わないんだ。

魔法陣に損傷がないか丁寧になぞってから、魔力保管庫を抱えて座し、居住まいを正す。ひとつ息を吐いて顔を上げると、きらきらと揺らめく湖面を見つめた。

「……うん、大丈夫。いくよ！」

——ユータ、がんばるの！

「ピピッ！」

ラピスとティアが、両側からオレを支えるように寄り添った。

『危なかったら途中でやめるのよ？　また今度にすればいいんだからね』

『スオー、応援する』

『ぼく、ここで支えてるからね』

腕の上でぽんぽんと跳ねたモモが、心配そうにオレを見つめた。蘇芳は膝の上で一緒に保管庫を抱え、シロは背中を支えるように寄り添ってくれる。全身で感じる温かさに、胸が震えた。

早く、喚んであげたいよ。君は寂しがりではないけれど、一緒にいるのは好きだったでしょう？

キッと気合いを込めて魔法陣を見つめると、全身の魔力を高め——。

「……召喚！」

どうっと魔力を根こそぎ奪われるような激しい衝撃に、ぐっと歯を食いしばって耐える。もう何度も経験しているもの、オレだって成長している。慣れたものだとは言えないけれど、まだ、大丈夫！

「尾形さん、また、一緒に……！」

体ごと引っ張られそうな勢いで魔力が抜かれ、保管庫の魔力もどんどんと消費していく。ティアが必死に支え、可能な限り周囲の魔素を取り込んで……それでもまだ、消費が止まらない。

「うっ……多い……!!」

「ユータ！　やめろ、それ以上は危険だ!!」

ルーの声が微かに聞こえた気がした。みんなも……あ、まずい、オレ、朦朧《もうろう》としている。

パシュン！　その瞬間、唐突に消費が止まった。渦巻いた魔力が魔法陣に吸い込まれると、湖は何事もなかったように凪《な》いで、森は静かな姿を取り戻していた。

——ただ、魔法陣の上には誰も、何も、いなかった。

……断ら、れた……？

呆然と宙を見つめた視界が、暗くなる。ぐらりと体が傾いたのを感じた。

――ユータ！　ユータ!!

肩から温かな魔力の流れを感じて、重いまぶたを持ち上げた。いつの間にか苔《こけ》むした地面に横たわっている。どうやら意識がなかったみたいだ。でも、ラピスの様子からしてほんの数秒ってところかな。

「ピッ!?　ピピッ？」

ティア……ごめんね、一生懸命サポートしてくれてたのに。

『ゆうた、大丈夫なの？』

『苦しい？　つらい？』

心配そうに見上げるモモと、小さなお手々で一生懸命頭を撫でてくれる蘇芳。

――心配したの……。どうしたの？

ラピスの潤《うる》んだ瞳に、ごめんね、と呟いて小さく口角を上げてみせた。

『ゆーた、大丈夫！』

俯いたオレのおでこに自分のおでこを合わせ、シロがしっかりと言った。思わず顔を上げると、きれいな水色の瞳が、真っ直ぐにオレを見つめていた。

『……大丈夫!!』

口を開こうとしたオレに、シロはゆっくりと首を振ると、にこっと笑って言った。何もかも見通すような水色の瞳に、ぐっと喉が詰まって、小さく頷いた。嫌がったんじゃない、きっと何か理由があったんだ。シロがそう言うなら……きっと、大丈夫。

顔を撫でた優しいしっぽと、そっぽを向いた冷たい台詞。困惑してルーを見上げると、ふいと下がった視線がオレと絡んだ。漆黒の中に浮かぶ金色の瞳は、複雑な光を帯びてオレを射貫くと、もう一度、家に帰れ、と言った。

「……てめー、家に帰れ」

――ユータ、帰るの。あのね、ユータ辛い顔してるの。きっと、帰った方がいいの。

言うが早いか、ふわっと光に包まれた。オレ、どんな顔してるんだろう。本当は、ルーを抱きしめて眠りたかったけれど、寮に帰ってお布団にくるまっているのもいいかもしれない。

「……？」

てっきり寮に帰るものだと思っていたのに、光が収まったそこは、ロクサレンの部屋だった。

――ルーは『家に』帰れって言ったの。だから、それがきっと今ユータに必要なことなの。

今のオレに、必要なこと。何も思い当たらなかったけれど、重い足は自然と動き出した。辿《たど》り着いた扉の前で少し佇《たたず》むと、ゆっくりドアノブに手を伸ばす。軽く開いた扉からそろりと体を滑り込ませて後ろ手に閉めると、正面に座っていた人物が顔を上げた。

「おうユータ、随分……お前っ、どうした⁉」

音を立てて立ち上がったカロルス様を見上げ、オレはぎゅうっと自分の服を掴んで唇を引き結んだ。まるで獲物を捕らえるように抱え込まれて、硬い胸板と腕が痛かった。

カロルス様だ……。ここは、大丈夫な場所。震えるほどに握りしめていた拳を開くと、そうっと大きな体に腕を回してしがみつく。呼吸が、少し楽になった。大きな体から響く早鐘《はやがね》に、驚かせてしまったんだろうかと申し訳なく思う。

「何があった⁉　大丈夫だ、もう大丈夫だぞ」

小さな体に直接注ぎ込まれた低い声に、オレを護《まも》る鋼の腕に、心の底から安堵して力が抜けた。そうか、オレはこんなに力が入っていたんだ。

「………ふ、うっ……」

途端にカッと体が熱くなって、もう一度ぎゅっと硬い体を抱きしめた。

「う、うわあああぁ、わあああぁーー！」

まるで冗談のように大きな声と、大粒の涙がぼろぼろと溢れて溢れて、もうどうにもならなかった。まるで遠吠えを上げるように、大きく大きく口が開いて止めどなく声が溢れた。

「……おう、しっかり泣け。全部出てから話をしような」

無骨《ぶこつ》な手が、オレの小さな背中をそっと撫でてくれた。こんなに大声で泣いたこと、あった

ろうか。オレは、まるで赤ん坊のように、全身で力一杯声を上げて泣いた。

＊＊＊＊＊

「寝たか……」

しゃくりあげながら瞳を閉じた小さな体に、胸が軋《きし》んだ。何がこんなにこいつを悲しませたっていうんだ……。感情の抜けた顔で入ってきたユータに、まずいと思った。だが、これだけ泣ければひとまず大丈夫だろう。こいつは抱え込んじまう。少し大きくなって、余計にその傾向が強くなったか。こんな小さな体で抱えられることなど、ほんのわずかだってのに。

寝息を立てながらもしゃくりあげる体を抱え、他にしてやれることはないのかと思う。濡れて束になった長いまつげが儚くて、このまま泣き続けたら消えてしまうんじゃないかと思った。

「ユータ様……お労《いたわ》しや……」

「ユータちゃん……なんてこと……」

扉付近で静かに泣いていた2人が、ユータが寝たのを見計らってやってきた。

「本当、どうしたっていうの。可哀想に……」

「今はゆっくりと休むことが先決ですね……。大人びていますが、まだこんなにお小さい」

痛ましげな顔をしたセデスとグレイも、眠るユータを覗き込んだ。

「そうだな……。しっかり寝かせて、話せるなら聞こうか」

ユータを部屋へ運ぼうとしたところで、エリーシャがぽん、と肩を叩いた。

「部屋へ寝かせて、そのまま戻ってこないでよ？」

「どういうことだ？」

うん？　と首を傾げると、肩に置かれた手がぎりっと食い込んだ。痛ぇ、指埋まってる。

「今、安心して眠ってるの。……起きるまで側にいなきゃダメよ」

なるほどな。エリーシャは名残惜しげにユータの額にチュッとやると、背中を押した。

＊＊＊＊＊

ぐったりと重い体は、油の海に浸かっているみたい。喉がひりついて、顔が、目が、熱い。

ぺろり、と頬を舐めた舌に促され、ひときわ分厚くて重いまぶたを持ち上げた。

「シロ……おはよう」

『ゆーた、もうおそようだよ』

水色の瞳はじっとオレを見つめてから、にこっと笑った。

『……大丈夫そうね。ただ、ちょっと熱っぽいかしら』

『心配した』

ぽん、と額の上に乗ったモモと、ぐい！　とオレの両まぶたを持ち上げた蘇芳が言った。

「ピピッ？」

――ユータ……よかったの。

群青《ぐんじょう》の瞳が涙に潤んで、とろけそう。ティアがオレの顎下に頭を擦りつけているのを感じる。

「ごめんね、みんな心配かけたんだね。大丈夫のつもり、だったんだけど……」

まだまだ、オレの心と体では受け止めきれなかったみたいだ。横になったまま、順番にみんなを撫でると、萎れた心にぽっと灯《あか》りが点《とも》った気がした。

『あのね、あえは、まもったえる』

『主も、まだまだ赤ちゃんだもんな……。俺様、しっかりするよ』

うーんと、守ってあげるって言ってるのかな？　アゲハは頼もしいね。さすがにオレ、赤ちゃんじゃないよ？　それにチュー助よりはしっかりしてると思うんだけど。

「あ……カロルス様」

小さく呟いて、精悍《せいかん》な顔を見上げる。抱き込む硬い腕が、しっかりとオレを拘束していた。

深く上下する胸にそっと顔を寄せると、ゆったりとした鼓動がオレを揺らす。もやがかかったみたいだった頭は、随分とスッキリしていた。その代わり、全身が気怠いけれど。

「ん……起きたか？」

わしわしと頭を撫でて、カロルス様は乗っかったオレごと起き上がった。ぬいぐるみのようにオレを掲げると、あっちこっちと方向を変えて眺めている。

「……？　カロルス様？　なあに？」

「おう、大丈夫そうだな」

ニッと笑った顔に、再び喉が詰まりそうになって、大きく深呼吸した。

「うん。ごめんなさい、ビックリさせちゃって……」

「なんでお前が謝る。……偉かったぞ、ちゃんと頼れたな」

な……なんで今そんなこと言うの！　せっかく引っ込んでいた涙が、再び頬を滑った。悔しくて硬い腕を叩くと、元気になったなと大きな口を開けて笑われた。

「げ、元気じゃ、ないよ！」

つられて笑いそうになる頬を押さえて、オレは精一杯の膨れっ面を作ってそっぽを向いた。

「──そうか。召喚が上手くいかなかったのか？」

「ううん。ちゃんと『繋がった』感じがあったんだけど、途中で切られちゃったの」

口にするとズキリと堪えるけれど、もう泣いたりしない。

『うん、だってあのままじゃゆーたが危ないから。多分、ぼくたちみんなそうするよ』

オレの膝から頭を上げると、シロが冷んやり濡れたお鼻で、ほてった頬をつついた。

『そうね。それにね、蘇芳の時もそうだったじゃない。姿を変えるのは結構魔力を使うんでしょう？　私みたいなスライムだって結構な消費だったじゃない。シロは高位の存在の割に、姿の変化が少なかったからなんとかなったんでしょう？　きっと姿が変わるからよ』

『きっと、こだわりの姿がある』

そっか、だから今回は魔力を取り込めるだけ取り込んだのかもしれないね。どんな姿で来てくれるんだろう。楽しみは延びたけど、なくなったわけじゃないもんね。

「お前を嫌うはずはない、何かあったんだろう。そもそも毎回一発で成功する方が驚きだぞ？　大丈夫だ、何度でもチャンスはある」

「うん！　ありがとう！　カロルス様もみんなも、大丈夫って言ってくれるから、それに、きっと理由があると思うから……」

背中の硬い腹筋を感じながら、腹に回された腕をきゅっと抱きしめた。もう大丈夫。それに、尾形さんを信じてなかったわけじゃないんだ。

「だからもう大丈夫。その、でもね、オレ……あ……会えると、思って、たから……。今日、会えるって、たの、楽しみに、してたの」

ぎゅうっと喉の奥が痛くなってきて、無意識にカロルス様の手を強く握ると、深呼吸した。

楽しみに――していたんだ。会えると思って。

以前は興味を示さなかったお菓子、食べられたならきっと気に入ると思って、色々作ってきたんだ。今夜はご馳走にしようと思って、材料もたくさん用意しておいたんだ。まずは何をしようかなって、色々考えたんだ。ブラッシングして、お昼寝して……そしたらあの柔らかな手触りを堪能《たんのう》して、じっとオレを見つめる視線を受け止めて。

……色々と、思い出しちゃったんだ。懐かしい仕草、声、温もり。ことんと頭を預けて仰のくと、寂しく微笑んだ。

「だから……ね。今日、会えなくて……悲しかっただけなんだ。大したことじゃないの」

何も悪いことがあったわけじゃない、嫌なことがあったわけじゃない。遊園地に行くはずだったのに、雨が降ったのと同じ。だから、安心してほしい。……でも、見上げたカロルス様は随分と辛そうな顔でオレを見つめ返し、堪えるな、と呟いたようだった。

「お前、しんどかったろうが。辛かったろうが。なんでそんなことを言う。お前が辛いなら、それは『辛いこと』で間違いないだろうが」

何言ってんだ、とザリザリした顎がオレの頭にのしかかった。

カロルス様は、昔のオレを知らない。みんなとの繋がりを知らない。ただ、召喚が上手くいかなかったことしか知らない。なのに。

きっと、カロルス様はどんな出来事が原因であっても、辛い気持ちを汲んでくれるのだと

……理由よりもオレの気持ちを見てくれるのだと、急に心が軽くなった気がした。

そっか、こんなことで辛くってもいいんだ。

「……あの、あのね。オレ、辛かったの。今日会いたかったから」

「そうだな、お前は随分辛かったぞ」

オレの感情なのにきっぱりと言われて、ほわりと笑った。カロルス様、すごいな。まるで浄《じょう》化《か》魔法のように凝《こご》りがさあっと消えて、胸の内に花が咲いていくようだ。

そうか、こうするといいのか。ちゃんと伝えて、受け取ってもらうんだ。

オレの小さな心は、ぐっと広がったような気がした。これなら、もう受け止められる。

「じゃあカロルス様、オレが辛かったらなんでも辛いってことでいいの？」

急に楽になった心と体に、どこか楽しくなってきてくすくす笑った。覗き込んだカロルス様が、一瞬柔らかく微笑んでオレの頭に手を置くと、いつもの顔でニッと笑った。

「当たり前だろ、辛いのに辛くないなんてことがあるかよ。グレイに怒られるのも、勉強も、飯に野菜が多いのだって、辛いもんは辛いでいいんだよ」

「あははっ！　オレ、それは辛くない！」

カロルス様の言い分に、声を上げて笑った。振り返って力一杯大きな体を抱きしめると、温かく浮かんだ涙を誤魔化して目を閉じた。

「……あのね、カロルス様が辛いことは、ちゃんとオレが聞くからね」

「そうか！　今日の残った書類……計算が辛いぞ！」

ちらちらっと何かを期待してオレを見るカロルス様に、必死で笑いを堪える。

「そ、そう……辛いね」

「……それだけか？」

ほら、もっとできることがあるだろ？　そう言わんばかりの表情に、にっこり微笑む。

「聞くだけだからね！　オレ、側について一緒に見ててあげるから！」

だから頑張ろうね、と笑うと、カロルス様はガックリと肩を落とした。

ちょっと甘えて抱っこされたままソファーのお部屋に入ると、空気の重さにビクッとした。

エリーシャ様とマリーさんは、真っ赤になった目で今にもドラゴンを狩りそうなオーラを纏っているし、執事さんの周囲はつららができそうなくらい冷んやりしている。

「ユータ、大丈夫なの？　こっちはあんまり大丈夫じゃなくてね。お話できるかい？」

受け渡されるままにセデス兄さんの膝に収まり、心配そうな顔を見上げてにっこり笑った。

「大丈夫！　ごめんね、大きな声だったから、みんなビックリ……した、よね……」

そうだ、オレあんなに赤ちゃんみたいに泣いて！　途端に恥ずかしくなってセデス兄さんの胸に顔を押しつけた。耳までかあっと熱いのがよく分かる。

「あああ！　大丈夫！　ユータちゃん大丈夫なのよ！　それが当たり前なの!!　セデスちゃんだってあなたくらいの頃は、それはもう――」

「ユータ様！　そんなおかわいらし……じゃなくて、おかわいそうに！　子どもは泣くのがいいのです、泣かないと大きくなれませんよ？　セデス様はあんなに泣いたからこのように――」

「ちょっと!?　いちいち僕を比較に出すのやめてくれるかな!?」

思わぬ飛び火に焦ったセデス兄さんが、ぱしっとオレの耳を塞いだ。室内の重い空気は、少し和らいだようだった。

「あ、あのね、もう大丈夫だし、辛くないの。ほら、今とっても楽しいから！」

召喚が思うようにいかなかっただけで、もう大丈夫だと一生懸命説明したのだけど、伝わっているだろうか？　感じる圧迫感に、叱られている気分でそうっと3人を見つめた。

「そう、そうですか。それはよかったです。ユータ様、その召喚獣が無事に召喚されたら、マリーに見せに来て下さいね……？」

「ええ、私もとっても見たいわぁ……。ちゃんと、連れてくるのよ？」

「ユータ様、ご安心を。召喚獣は送還されても、消えてなくなるわけではありませんから」

笑顔の３人から感じる圧がすごい。ねえ執事さん、どうして今その話をしたの……？

「まあ、ひとまずユータが復活したならよかったよ。今日はこっちで晩ごはん食べていく？」

セデス兄さんが深いため息を吐いて、オレの頭を撫でた。窓の外はもうすぐ夕暮れ、結構寝てしまってたんだな。お昼食べ損ねたなぁと考えたところで、もしかしてカロルス様たちも食べていないんじゃないかと思い当たった。お腹、空いているだろうに。

「……そうだ、今日は材料がいっぱいあるから、何か作るね！　あのね、お菓子もあるんだ。ちょうどおやつの時間だから、どうぞ！」

ローテーブルに並べたお菓子に、みんなの目が輝いた。マリーさんと執事さんがそつなく紅茶を用意しに行ってくれたようだ。ご馳走の材料は収納に入れておけば悪くならないけど、でも、これは今日使おう。いっぱいご馳走作って、みんなで食べよう。

きっと、楽しいよ。次に喚んだ時は来てくれるかな？　その時も、いっぱいお祝いしようね。大丈夫、またたくさんご馳走を用意するから、みんなで食べようね。

さあ、ジフのところへ行こう。山盛りのご馳走を並べて、カロルス様たちをビックリさせるんだ！　ぐっと腕まくりすると、オレはウキウキと厨房へ向かって走り出した。

5章　地下を駆け抜けろ

「ひっさしぶりー！　やっと会えたぁ」

ギルドに入った途端、元気な大声が響いてビクッとなった。ひょいとオレを抱え上げてくるくる回るのは、赤いショートカットの元気な女性。

「わあ、ルッコだ！　ニースとリリアナも久しぶりだね！」

『草原の牙』の面々は、どうやらギルドでオレを待っていてくれたみたい。

「どうしたの？　これから依頼？」

「そう、その依頼のことでちょっと……ものは相談だが……お前、一緒に依頼受けねえ？」

ニースがここぞとばかりに声を潜めて耳打ちした。

「受けるー!!」

「「即答!?」」

満面の笑みで答えると、ニースたちがカクンとなった。そりゃあ即答だよね!?

「いやお前さ、せめて内容聞いてから答えろよ……。おにーさん心配になるぜ」

「でも、ニースたちだもん。大丈夫でしょう？　絶対ラキやタクトも喜ぶよ！」

にっこりと信頼を込めた瞳に、３人がうっと呻いた。

「お、おうとも。何も、何もやましいことなんか……」

「ああ……あたしの中の不浄が消えていく……」

「ルッコ、気を確かに。それが消えたらルッコがいなくなる」

いつも通りルッコとリリアナが言い争うのを放置して、ニースをじぃぃっと見つめた。さりげなく視線を逸らしたものの、だらだらと汗をかいている。

「……あああ！　もう！　な、何も悪いこと企んでるワケじゃねーよ!?　そ、その、ランクアップに受けた依頼なんだけど。ちょっとさ、期限が……頼むよ～!!」

ニースは情けない顔でオレに縋りついたのだった。


「――それで一緒に受けることになったんだ～。うん、僕は歓迎だよ～」

「もちろん大歓迎！　やったぜー！　ちなみにどんな依頼なんだ？」

ニースたちが受けたのは、なんてことはない魔物調査の依頼だったらしいのだけど……。

「それが全っ然！　見つからねーーの!!　本当かよって感じでさ」

大きな拳が力なくテーブルを叩いた。どうやらお目当ての魔物が全く見つからないそう。

「もう依頼自体、嘘《うそ》かも」

３人は、半ば諦めムードでため息を吐いた。ランクアップには色々な依頼を受ける必要があるのだけど、探索できる人がいない彼らはそういう依頼を最も苦手とするみたい。

「だから、つい後回しになっちゃって。やっと手をつけてみたはいいんだけど、お手上げ〜」

調査対象は馬車で半日ほどの岩山に出た、ワースガーズって魔物らしい。近隣の村からは距離があるので1匹いたところで問題はないのだけど、本来群れで生息する魔物だそう。なので、群れがいるんじゃないかと不安に思った村人からの依頼だ。

「ふうん、難しくなさそうじゃねえ？」

「うーん、これは厳しいかもね〜」

タクトとラキが、真逆のことを言った。

「え？　どうして？　ラキ、群れを探すのって難しくないんじゃないの？」

首を傾げると、『草原の牙』面々も不安顔でラキを見つめた。

「うん、群れを見つけるのはそう難しくないと思うんだけど〜」

「じゃ、じゃあなんで⁉」

焦ったニースがガタッと立ち上がった。

「群れがいたら、難しくないよ〜。でも、いなかったら〜？　どうやって証明するの〜？」

「「「あっ……」」」

「情報が少なすぎるよ～。ワースガーズは『単独で』見つかったんでしょ～？　ちらほら見かけるならともかく、本当に1匹しかいなかったら、もう他の魔物に食べられちゃってるかも～」

「「「あああ～!!」」」

3人がテーブルに突っ伏した。そ、そっか。そういう落とし穴もあるんだ……。だから本来、こういう依頼は達成条件をつけるのが普通らしい。数日間連続で探索して見かけないこととか、特有の痕跡《こんせき》がないとか。囲いのない広い土地で、いないことの証明はとても難しいから。

「だから、この依頼は『スライム焼き』だね～」

3人は今度こそ暗く沈んだ。『スライム焼き』っていうのは、簡単そうに見えて難しい依頼、もしくは、受けるだけ無駄って意味らしい。スライムを焼いたら何も残らないように……。

「だ、だから残ってたのか……」

「だってぇ～！　あたしたち探索系なんて受けないんだもん。知らないわよ～」

「手痛い事実……」

「で、でもさ、もしかしたらいるかもしれねーんだろ!?　いる方に賭《か》けてみようぜ！」

タクトの励ましに、3人の目に少し光が戻った。でも、本来はいない方がいいと思うよ？

「あとは、いなかったとしても、これだけ探しましたって事実を伝えて、依頼者さんが納得してくれたらいいんじゃない～？　多分、依頼に慣れていないだけじゃないかな～？」

「そ、そうか……依頼者はギルドじゃねえもんな。誠心誠意、真心込めれば！」

完全に光を取り戻した3人が、ぐっと拳を握って立ち上がった。

「よし！　それじゃあお前たち、サポートしてくれるか!?」

「「「おー！」」」

よく落ち込むけれど、立ち直りも早いのが彼らの長所なのかもしれない。さっそくギルドを出ようとしたところで、ふと気になったことを尋《たず》ねた。

「ところで、期限って言ってたけど、いつまでなの？」

扉を出ようとした3人の足が、ぴたりと止まった。

「…………あさって……」

今はお昼前。そして目的の場所まで半日、つまり往復で1日必要として——。

「「「えええぇーー!!」」」

ギルド内には、オレたちの甲高い悲鳴が響きわたった。


「間に合うかなぁ……」

「普通に考えたら間に合わないよ～」

「でも、ユータがいるしな！」

探索の範囲は狭くない。岩山は森よりはずっと難易度が低いけれど、起伏に富んで見通しは全く利かない。まあ、見通しが利くならそもそも依頼なんて出ないだろうけども。

風に髪をなびかせ、後ろで響く悲鳴を聞きながら、オレたちは深いため息を吐いた。

「俺が悪かったアァ～～～止めてくれぇーー!!」

「ぎゃああああー！」

「…………」

素晴らしい速度で疾走するのは、馬車じゃない。少しでも時間を稼ぐためのとっておきだ。

『どうしてそんなに大声出すの～？　怖い？　でも急ぐんだよね？』

困った顔でシロが振り返った。

「うん、急いでるから気にしないで！　シロは速いね、助かるよ！」

スピードを緩めた方がいいのかと気にするシロに、まふっと抱きついて首元を撫でた。顔を伏せると、サラサラなびいた毛並みが頬に触れて心地いい。

「もう少し時間があったら、乗り心地にもこだわれたのにね～」

「乗り心地も何も、こんなスピードで走ったら丸太に乗ってたって一緒じゃねえ？」

シロの背中はオレたち3人でいっぱいだ。オトナたちは、急ごしらえでラキが作ったソリに乗ってもらった。シロはこれだけの人数を乗せてなお、軽々と走ってくれる。

「ごめんね、重いよね」

『ぜーんぜん！　ぼく、いっぱい走れてとっても楽しいよ！』

嬉しげに駆ける姿は、本当に楽しそうだ。力強い四肢の躍動が伝わって、生き生きと溢れる生命力を感じる。召喚獣になっても、シロは眩《まぶ》しい生命そのものみたいだ。

「そっか。うん、本当だね！　楽しいね！」

オレは顔を上げて、ごう、と、まともに正面からの風を浴びた。

「ねえタクト、ちょっと支えていて？」

「あ？　おう……ってユータっ!!」

唸る風の中、思い切って両手を離した。慌てたタクトに支えられ、上げた両腕が旗のように風を受けてたなびく。仰のくと髪の毛まで風に持っていかれそうで、きゃっきゃと笑った。


探索する場所は、巨岩のごろごろする小さな岩山群。植物が少なくて殺風景《さっぷうけい》だ。生き物が少ないせいで、魔物もあまり多くはなさそうなのが幸いかな。せっかく到着したのに、声もなく横たわった3人は口から魂《たましい》が出そうな様子だ。でも、早く着いたでしょう？

「――ニース兄ちゃん、だらしないぞ！　Cランク冒険者ならきっと大丈夫なはずだぞ！」

「……お、俺はまだDランクの器《うつわ》だったようだ……」

と、ごそごそ動いたポシェットからムゥちゃんが顔を出し、サッと葉っぱを差し出した。

「うぅ……何そのかわいいの……ぐふっ……」

「ムゥちゃんだよ。この葉っぱを嚙んでみて。よく効くと思うよ」

素直に葉っぱを口にして、3人は徐々に顔色が戻ってきたようだ。既に魂がどこかへ行っちゃってたリリアナも、無事に戻ってこられたみたい。

――灰色の岩の場所だけなの？　そんなに広くないけど、上からだけじゃ死角が多いの。

さっそく上空から偵察《ていさつ》したラピスの報告が届いた。ラピス部隊でローラー作戦をしてもいいけれど、できれば真っ当に報告できる方法で探したいな。

「ね、ユータ、どう？　どう？　索敵《さくてき》に引っかかりそう？」

ルッコが期待を込めた瞳で、ずいっと身を乗り出した。

「うーん、群れがいたらすぐに分かりそうだけど……今は、近くにいないよ」

「そ、そっか……。でも、それが一瞬で分かるってマジでマジに便利！　いいなあ、魔法使い」

「魔法使いならできるわけじゃないよ、僕できないもの～。むしろタクトはできるよ～」

「俺？　俺は索敵魔法なんてできないぞ？」

確かにタクトは索敵魔法は使えないけれど、カロルス様たちみたいに感覚である程度捉えることができる。もしやこれも身体強化の一種なんだろうか。ニースも頑張ってほしい。

――結局、今日の探索では魔物の1匹も見つからず、付近で野営することになった。休憩所でも街の近くでもなく、一面に人の気配がない場所で野営をするのは初めてだ。

「欲しい……」

野営の準備の傍ら、リリアナはさっきから鼻がくっつくほどの至近距離でムゥちゃんを見つめている。あまりに見つめるものだから、ムゥちゃんが困ってるよ。

「ム、ムゥ……」

ついにポシェットの中に潜り込んでしまい、飛び出した葉っぱがもそもそしている。リリアナがサボっていても、彼らの野営準備はあっという間に終わっていた。さすが、手慣れている。

「よし！　オレたちも頑張ろうね！　いつもみたいにやれば大丈夫！」

「いつもみたいに、ね～」

「快適テント生活、だろ？」

もしかして、緊張しているのはオレだけなんだろうか？　促されるままに魔法で地面をならすと、タクトとラキがテントを張り、その間にオレがかまどやテーブルを準備した。徐々に薄暗くなっていく中ライトをいくつか浮かべ、ほどよい視界を確保する。さて、今日のごはんは何にしよう？　きっとニースたちもちょうだいって言うよね。

「今日の飯、何？」

「お肉だよ！」

小躍りするタクトにキャベツもどきを渡し、千切りにしてもらう。やっぱり付け合わせは千切りキャベツだよね！　そう、今日は明日の探索に「勝つ」ための験担《げんかつ》ぎ、トンカツ……ポルクカツだ！　汁物はお味噌汁にしたいところだけど、きっと万年食べ盛りの人たちは物足りなくなるだろう。お野菜をたっぷりとってもらうためにも、ミネストローネ風スープを選択した。

「……なあ、これ、俺が知ってる野営と違うと思う」

「奇遇ね……あたしもそう思ってたとこ。あっちに混ざりたい……」

「……ルッコは無理でも私なら、あるいは子どもの中に溶け込んでも……」

『草原の牙』は保存食で済ませるつもりだったんだろうか、食事を準備する気配がない。暮れゆく周囲にはただ、リリアナとルッコの言い争う声が響いていた。

ジャワー、ジウジウジウ……。大量のポルクカツを揚げていると、全身が油でねっとりしてきた気がする。スープとごはんもそろそろだね。阿吽《あうん》の呼吸で、タクトとラキがテーブルを片付けてキャベツを皿に盛り、スープやごはんを準備し出した。そんな中、『草原の牙』は保存食を取り出しながら、チラチラ……いや、穴の開くほどじいっとこちらを見つめていた。

「ふふっ、大丈夫、みんなの分あるよ、こっちに座って」

「「「じゃあ遠慮なくっ!!」」」

3人は見事に声を揃えて飛んできた。

「今日は、ポルクカツだよ！　どうぞ～」

「「「うおおおお」」」

トン、とお皿を置くと、目と口から感涙《かんるい》せんばかりの勢いだ。

いただきます、に合わせて一斉にかぶりついたのは、全員ポルクカツ。木々の音すらしない静かな夜の岩山に、ざくっ！　と小気味いい音が幾重にも重なって響いた。豪快に粗いパン粉を使ったカツは、ザクザクと花開いた衣《ころも》の歯応えが楽しい。大きく頬ばると、ポルク特有の甘い肉汁が溢れた。ポルクは脂《あぶら》が美味い！　重すぎず、臭みやしつこさがない最高の脂だ。

「美味しい～！」

ザクリと噛み切れる分厚いお肉は、空きっ腹に絶大な満足感を与えてくれる。平らげた人たちが目をぎらぎらさせるのを見越して、大皿に盛った分をテーブルに出しておいた。よし、これで落ち着いて食べられる。始まった戦争を横目に、オレは大切に自分のカツを頬ばった。

「これは俺が知ってる野営じゃない……断じて。だがしかし！　これでいいのだ……」

「そう、これでいいのよ……幸せ……」

「今までお世話になりました」

「「行かせねえよ!?」」

とろけた無表情で大の字になっていた3人は、また言い争いを始めた。抜け駆けだの、自分も行くだの、賑やかな声が響いてくる。

「デザートはあり～？　僕、さっぱり系がいいな～！」

「俺、あるなら何でもいい！」

デザート、の声にピクリと3人が反応した。示し合わせたようにサッと席へ戻ると、澄ました顔でオレを見つめる。そうだね、こってりガッツリのあとは、スッキリにしようね。

「じゃあ、今日はリモンのゼリーだよ」

これは淡い黄色の透明なゼリーに、宝石のように崩したきらきら淡いグリーンのゼリーを載せて、2層になっている。下層はリモンの香りが強く、上層はミントっぽいハーブと蜂蜜《はちみつ》のスッキリした甘み。それぞれ食べるもよし、合わせて食べるもよしだ。

なんの躊躇いもなくスプーンを突っ込んだニースとリリアナ、ふるふると手の中で揺らして喜ぶルッコ。小さなスプーンで口へ運ぶと、すうっと清涼感が広がった。スッキリと心地よくて、妖精さんの魔力みたいだ。もう少し暑い日なら、ぜひともソルベにしていただきたいな。

「あーー満足！　来てよかったぜーー！」

「ホントよね!!」

「もう悔いはない……」

違うよ⁉　お食事に来たんじゃないからね⁉　すっかりご満悦の3人に、オレは一抹の不安を覚えるのだった。

「――静かだね～」

「魔物、いねえのかな」

オレたちも満腹のお腹を抱え、たき火を囲んだ。ゆらゆらするみんなの影が、花びらみたいに周囲に伸びて、闇に溶け込んでいる。パチパチと心地よい音を立てる炎を見つめていると、なんだかぼんやりとしてしまう。

「ちょっと、リリアナ寝ちゃダメだからね！　最初の見張りでしょ？」

ルッコの声に、膝を抱えてこっくりこっくりしていたオレもハッとした。明日はお日様と共に行動だから、オレたちも早く寝なきゃ。たき火は1つ、テントは2つ。そういえば見張りを全員でするなら、時間割を考えなきゃいけないね。

「ねえ、見張りの順番どうする？　リリアナが一番なの？」

「えっ、もちろん俺たちがやるぞ？　お前らはしっかり寝てくれよな！」

爽やかに宣言したニースだけど、言葉の裏に「明日はいっぱい働いてもらうし！」って台詞が見え隠れして、素直に喜べない。

「俺らずっと寝ていてもいいの⁉　やった！」

「もちろんよ！　どっちにしたってちびっ子に任せて寝ることはできないもの」

そっか、子どもに任せて寝るのは不安だよね。それならお願いしようかな。ただ、やっぱり申し訳ない気持ちもあるから、せめて楽をしてもらえるように工夫していこう。

『あの人たちに任せるのはこちらが不安だしねぇ』

モモがため息を吐いて、もにもにと伸び縮みした。

ぺたっと地面に手をつくと、しっかりとイメージを持って魔法を発動させる。ズズズッと細かな振動と共に、周囲に土壁が立ち上がっていく。念のため、天井も作ってしまおう。たき火の煙がこもらないよう、上はかなり隙間を大きくしておいた。

「こうすると暗くなっちゃうから、オレたち起きられないと思うの。朝起こしてくれる？」

そう、オレたちが野営の時にこれをやると、いつまでも寝てしまうんだ。それに、壁があると安心して警戒心が薄くなっちゃうみたいで……。でもこれ、ただの土壁だからちょっと力のある魔物なら簡単に壊せるもの。警戒は怠《おこた》っちゃダメなんだ。

大きな口を開けて返事のないニースたちに首を傾げていると、ラキに引っ張られた。

「ユータ、そっとしといてあげて～、僕たちは寝ようね～」

「あ……うん、おやすみ！」

手を振ってテントに駆け込むと、既にタクトが寝る態勢に入っていた。

「ニース兄ちゃんたち、ちゃんと見張りできるかなぁ……」

うつらうつらしながら不安そうだ。そりゃあ、オレたちが見張りするよりずっと頼りになると思うよ？　オトナだし、経験だってずっと豊富だもの。

「ユータはさ～、どうしてそう他人の評価が高いんだろうね～」

――そうなの！　だってユータが一番すごいのに、どうして？

ここぞとばかりに割って入ったラピスに苦笑した。

「どうしてって……」

オレは自分のことをよく知っているもの。魔力があったって、剣が使えたって、必要な時に必要なことができるかどうかは、また別だと思うんだ。オレは色々と間違えるもの。だから、どうも他人の方を信用してしまう傾向があるのかもしれない。

「オレ、頼りないね」

強くなろうって思っているのに、カロルス様みたいになれない。

例えば、止めても危険な方向に行こうとする人がいたら、カロルス様は「こっちに来い！」って引っ張ってくれるんだ。でも、オレは……きっと「そっちに行くならついていくよ」だ。

だって、オレが間違っているかもしれないし。

『でも、それでホントに危なかったら、助けてあげるんでしょう。だからついていくんでしょう？　ぼくもそうするよ！』

シロがオレの枕元に横になって、ふぁさふぁさとしっぽを振った。

『私なら、絶対行かせないように力尽《づ》くで止めちゃうわね～』

――ラピスは勝手に行くなら知らないの。ちゃんと言ったの。

ふふ、確かにみんなそうするかもしれない。どれが間違ってるとは言えないなぁ。

「お前は頼りなくないぞ。頼りたくはないけどな」

ごろりと寝返りを打ったタクトが、こちらを向いてオレの頭をわしゃわしゃとやった。お兄さんぶった仕草に、ついくすくすと笑ってしまう。

「ユータは一番ユータを知らないからね～」

「どうして？　オレが一番よく知ってるよ？」

むっと唇を尖らせると、眠そうなラキが小さく笑った。

「だって僕たちはずうっとユータを見てるけど、ユータは鏡でしか見たことないでしょ～？ユータは、その一瞬しか自分を見られないんだよ～。知らないでしょ？　戦ってる姿、走ってる姿、おしゃべりしてる姿～。それに、頼ってしまうから、頼りない方がいいよ～」

オレは目をぱちぱちとさせた。分かるような、分からないような。だけどそれってやっぱり頼りないってことじゃないか。おやすみ、と言ったラキに頬を膨らませた。

『じゃあ俺様、主頼るぅ～！』『たよう～！』

「ピピッ！」

むにっ！　と右の頬に抱きついたチュー助とアゲハの温かな感触。左の頬に寄り添ったほわほわしたティアの感触。

「うぷっ！」

顔面いっぱいにしがみついた蘇芳の香り。頬ずりのたび、大きな耳が顔に当たった。

『スオーが頼るから、大丈夫』

「ありがとう。オレもみんなを頼りにしてるよ！」

そっか、そうだった。頼るのって、一方通行じゃなかった。いっぱい頼って、いっぱい頼られたらいいいんだ。オレは満足して微笑むと、まぶたを閉じた。頭の上に乗ったタクトの手で、明日の朝は髪がひどいことになるんじゃないかと思いながら……。


『――ねえ、急ぐんでしょう？　もういいかしらって気はするけれど、一応起きたら？』

額の上でモモが跳ね、蘇芳が両手で無理矢理オレのまぶたをこじ開けている。

「うん……？　まだ夜明け前？　暗いね」

それに、寝起きのせいだろうか……レーダーがおかしいような気がする。

『ううん、外は明るいよ！　お日様の匂いがするよ！』

タクトとラキもみんなに起こされ、ライトの明かりをつけて顔を見合わせた。よく寝た感覚はあるのに、どうしてこんなに暗いの？　天井は作ったけど、光は入る程度だったはず。

「ルッコ、おはよう」

外へ出ると、ささやかな残り火の中でうつらうつらしているルッコがいた。

「ハッ!?　異常なし！　……ってまだ夜？　おっかしいなー見張り、あたしだけ長くない!?」

疲れたよー！　と嘆《なげ》くルッコ。シロ曰《いわ》く太陽はすっかり昇っているらしいから、そりゃあ長時間の見張りになっていることだろう。

「お疲れ様！　はい、特別だよ」

生命魔法水入りの蜂蜜レモン水を渡していると、リリアナとニースもテントから出てきた。

「なんでみんな起きてんだ？　なんかあった？」

「うーん、もう日は昇ってるらしいんだけど、どうして暗いのかなって」

ひとまず、土壁を崩してみようかと思うのだけど、レーダーの不調が気になる。

『ゆうた、そのレーダーおかしくないわよ』

『いっぱい、いるんだねえ』

モモの忠告と呑気なシロの言葉を反芻《はんすう》して、ぞわっと総毛立った。

「も、モモ、シールド……」

『ずっと前から、壁の内側に張ってるわ』

よ、よかった……。じわっと浮かんだ嫌な汗を拭って、オレはみんなに向き直った。

「えっと、お知らせがあります。いいお知らせと悪いお知らせ、どっちから聞きたい？」

「なんだよ勿体ぶって。なんか俺、ぞわぞわするんだよな。早くここ出ようぜ」

落ち着かないタクトが、しきりと剣を握ったり離したりしている。ハッとしたラキは、少し顔色を悪くしてオレを見つめた。

「はいはい、じゃあいい方！　いいことって何？」

元気になったルッコが、リリアナをぶら下げてぴょんぴょんと手を挙げた。

「じゃあ、いい方ね。――探してた魔物、多分見つかったよ！」

一瞬動作を止めたニースとルッコ、やっと目を開けたリリアナが、やったー！　と大声を上げた。途端に周囲から感じる気配が強くなって、ついにタクトが剣を抜いた。

「……あれ？　な、なあ、ユータ。もしかして悪い方ってさ……」

「うん……。その魔物、いっぱいいるの。そりゃもうビッシリと……お空が見えないぐらい」

「「「…………は？」」」

ニースたちは、今度こそピタリと動きを止めた。

「ねえ、じっとしててもどうしようもないよ～どんどん集まってくるかもしれないし～」

時を止めていたニースたちがビクッと我に返った。だけど、どうしようか。

「嘘っ！　嘘よね⁉　あれが、あれがこんなにいるなんて……無理無理ぃ‼」

「ど、どうしよ⁉　俺ら群れ相手とか逃げるしかねんだけど⁉　剣士と弓使いなんだけど⁉」

「もう一度寝たら違う朝が……」

リリアナ！　寝直そうとしないで‼　確かに、これは悪夢だけども！

「ニースの兄ちゃん、心配いらねえよ！　俺らがいるから大丈夫！　虫なんかにやられたりしねえって！」

にかっと笑ったタクトが、剣に派手に炎を纏って振り回してみせた。うわあ、こういう時のタクトってカッコイイ。例え虚勢でも、揺るがず立つ姿は他人を支え、鼓舞《こぶ》するものだなと思う。現に、ニースたちの瞳には確かに理性が戻っていた。すごいね、カロルス様みたいだ。ただ、タクトが実戦で使うのは水の剣だけど。

「剣士と弓使いだと辛いよね～、でも大丈夫、魔法使いが2人と、魔法剣士がいるからね～」

ちらっとこっちを振り返ったラキが、『あと召喚士と従魔術士と回復術士と剣士』とオレにだけ聞こえるように言って笑った。２人とも、こんな状況なのに落ち着いている。すっかり大人の冒険者顔負けだ。ニースたちは、目を瞬いて姿勢を正すと、ごほんと咳払《せき》いした。

「そ、そうだよな。悪い、取り乱した。よし、まずは生きて帰ることを目標に、作戦を立てようぜ！　ち、ちなみに、この土壁どのくらいもつんだ？　今にも崩れてきたり……？」

「土壁はもたないよ！　でも内側にシールドを張ってるから大丈夫」

一瞬引きつった顔をした3人が、ホッと胸を撫で下ろした。オレだって無理だよ……ワースガーズって、1匹やそこらならまだ大丈夫だけど、たくさんは無理。

「それで、ワースガーズだけど、数匹ずつならあたしたちも問題ないよ！　そもそも群れがいるかもしれないって依頼だったもん。ただ、いきなり四方を囲まれちゃうとかなり苦しいわけ」

「群れ相手なら、遠くから油と火矢で仕留める。よく燃える」

ワースガーズは火に弱いらしいし、別に強い魔物でもない。群れと言ってもアーミーアントみたいな巨大な群れになるわけじゃない、はずだったんだ。普通に出くわす分にはそこまでの脅威じゃない。ただ……見た目が。もちろん、討伐するつもりで来たのだから覚悟していたけど……多すぎるよね!?　田舎の家でよく見たんだよ、小さいワースガーズ。

「なんでそんなに嫌なんだ？　別に恐ろしい姿じゃねえぞ？　普通の虫じゃねえ？」

分かってないな……アレは人類に植え込まれた恐怖の権化《ごんげ》だと思う。妙に素早い動き、微妙に光沢のある姿、あの平たい楕円《だえん》の形。何がそんなに嫌なのか分からないのに感じる恐怖。それこそが、長らく人類を脅かしてきた証《あかし》に他ならない。それが、それが山盛り――。

「ユータ、分かったから想像でダメージ受けないで～」

思わず青い顔をしたオレに、ラキが生温かい目をしてぽんぽんと背中を叩いた。

「そんなにか？　お前、蟻《あり》も蜘蛛《くも》も普通に倒してんのに。何が違うか分かんねえ」

別に虫が苦手なわけじゃないもん、ゴキ……じゃなくてワースガーズが苦手なの！

「まあ、何するにしても、まずは囲みを突破しないとどうにもならないよね～」

「竜巻とかで吹っ飛ばしたらいいんじゃねえ？」

タクトがちらっとオレを見て言った。そんなことしたら巻き込めなかったワースガーズが周囲に撒き散らされる！　シールドが壊れるかもしれないし……却下！

「よく燃えるなら、全部燃やしちゃうとか？」

「手っ取り早いけどシールドの中がどうなるか分からないから、危険じゃないかな～？」

うーん、ある程度調整できるんじゃないかとは思うけど、ぶっつけ本番は躊躇われる。燃える魔物に埋まったせいで一酸化炭素中毒なんて嫌だもんね。

「ね、ねえ、脱獄でよくあるじゃん？　穴掘るってのは？　シールドって下にもあるの？」

な、なるほど、こんな立体的に囲まれてさえいなければニースたちだってなんとかなるもんね！　ちなみにシールドは下にも続いているけど解除はできるらしい。モモ、器用だな……。

「派手なことをするより、その方がよさそうだね～」

みんなが一様に頷いて、方針が決まったようだ。

「よっしゃ、穴掘りか！　力仕事なら……」

「任せて！」

オレとニースが同時に名乗りを上げた。ここぞとばかりに立ち上がったニースには申し訳ないけど、魔法の方が早いから……。ぺたっと地面に手をついて、なるべく小さく、ニースがなんとか入れる程度の穴を掘っていった。この程度の穴なら、ぎゅっと壁に圧縮すれば土を運び出す手間もないし、崩落防止にもなってちょうどいいだろう。

「うん、問題なくいけそう。荷物をまとめたら出発する？」

「おう……」

力ない返事をしたニースの背中には、少し哀愁《あいしゅう》が漂っていた。

「――せ、狭っ！　ユータ、これ狭すぎねえか？　俺途中でつかえたりしないか？」

おかしいな、オレは楽々通れるのに。しんがりのニースはあちこちぶつけて呻いていた。

「ユータは土の中でも索敵できるの？　先頭を行くのは危ないわよ」

ルッコの心配はもっともだけど、穴を掘っていくのがオレだから仕方ない。それに、ダンジョンと違ってオレが掘っていく新たな穴だもの、魔物が出てきたりはしないはずだ。

『ゆうた、あんまり離れると向こうのシールドが維持できなくなるわ。崩れたら、こっちの穴にもなだれ込んで来るわよ』

それだけは勘弁してほしい!! オレ、先頭でよかった……。万が一崩れたら、このトンネルの入り口を埋めるしかないだろう。空気がどのくらいもつか分からないけれど、そうなればもう一気にトンネルを通して駆け抜けよう。ニース、しんがりは頑張ってね。

そんな不吉なことを考えつつトンネルを掘り進めていると、スカッと手応えがなくなった。

「あれ……？」

浮かべていたライトを手元に持ってくると、ぽかりと大きな穴が空いていた。地下に空洞があったんだろうか？ どうやらオレが掘り進めたトンネルは、別の穴に繋がったようだ。

「広い……？」

「おお、これで腰が伸ばせるぜ～。助かった！」

これ幸いと、開いた穴から広い横穴に侵入すると、ニースが思い切り伸びをした。

『ユータ！ 向こうが崩れるわ！ 穴を塞いで！』

微かな振動が伝わる直前、オレは電光石火の早業で一気にトンネルを埋めた。ふう……これでこちらへなだれ込むことはないだろう。ちょうど別穴に出られたところでよかった。

改めてライトを増やして見回すと、そこは大人3人が余裕を持って並んで歩ける広さの、坑道のような場所だ。古い鉱山の跡地か何かだろうか。歩きやすそうだけど少し湿っぽくて、少し臭《にお》う。まるで下水道みた……いな……？　オレはこくりと唾を飲んだ。

「ね、ねえねえ、あたしちょっと嫌な想像しちゃったんだけど……あたしたちが必死に探して見つけられなかったのに、ワースガーズはどこからあんなに来たのかなーなんて」

ルッコがだらだらと汗を掻きながら、あはは、と力なく笑った。

「さあなー、急に増えるワケねえんだからさ、どっかに隠れてたんだろうけどよ。岩ばっかで隠れるとこなんてなかったよな、天に昇ったか地に潜ったか、なんつっ……て……？」

ニースの語尾が消えていく。タクトが、あちゃーと額に手をやり、ラキが苦笑した。

——ユータ、やったの！　巣穴見つけたの！　お手柄なの！

ラピスが嬉しそうに言った。

「ぎゃー！　どどどどうしよう⁉　え？　嘘よね⁉」

「え？　マジで？　いやいやいや！　マジで？」

「無念……せめて別の魔物の糧《かて》となりたかった……」

ニースたち、うるさい。オレたちは、しぃーー‼　っと唇に人差し指を当てた。

「さっきの群れが巣穴から出てきたなら、今は巣の中にあまり残っていないんじゃない～？」

「今のうちに出ようぜ！　あれが全部戻ってきたら面倒だし」

「うん、さっきみたいに囲まれたわけじゃないから、ニースたちも戦えるでしょ？　別にそこまで状況が悪くなったわけじゃないと思うよ？」

「お、お前ら……」

ニースが潤んだ瞳でぎゅーっとオレたちを抱きしめた。

オレのレーダーの範囲には、今のところ魔物はいない。ワースガーズの群れは組織的なものではなく単に同種で集まっているだけなので、エサがあると気付けば全部そっちに行くし、敵がいたところで他の個体に知らせるわけでもない。だから、アント系なんかの巣に比べればマシじゃないのかな。ただ、エサがここにあると気付けばみんなこっちに来るわけだけど……。

「ただこれ、地上に出るにはどっちに行けばいいんだ？　ぐずぐずしてるとヤツらが……」

「うーん。ちょっと集中するからオレを守っててくれる？」

絶対ワースガーズを近づけないでね？　オレは咄嗟に逃げ遅れないようニースによじ登って目を閉じた。地図魔法をこんな広範囲にやったことないんだけど、頑張るしかない。ダンジョンではないから問題なく発動はできそう。少しずつ範囲を広げて探ってみたところ、うねうねと広がる地下の道は行き止まったり合流したり、辿っていくのはなかなか至難のワザだ。うわぁ、これ、オレが道案内するの？　気を抜くとどこを辿っていたか分からなくなりそう。

「うぅーん、難しい。あのね、ひとまず上に向かう道はこっちだと思う」

「「魔法使いぃ……万能……!!　索敵にシールドに穴掘りに道案内まで……!!」」

「だからそれは～。はぁ……もういいか～」

ニースたちの感極まった様子に、ラキの諦めた声。でも、オレはそれどころじゃない。

「ユータ？　そっから下りねえの？」

目を閉じたままニースにおぶさって動かないオレに、タクトが不思議そうな顔をした。

「……うん、あのね、道案内と索敵をしようと思ったら、オレ……動けないかも」

「「ええぇ～!!」」

そ、そんな大声出しちゃダメだって！　ほら～！

「来た！　右から３！」

パシュパシュパシュ！　ザッ！　ザシッ！

ラキの砲撃音と、タクトの斬撃《ざんげき》音が聞こえた。同時に、レーダーの反応も消える。

「え、早……」

ルッコの呆然とした呟きに、タクトたちはもうDランクを超えているのかもしれないと嬉しく思う。ただ、ワースガーズ、思ったより速い。レーダーで捉える範囲から遭遇までの時間がとても短い。だけどレーダーの範囲を広げるなら、地図魔法の範囲を縮めるしかない。

オレは、そっと目を開けて２人の様子を窺《うかが》った。転がったワースガーズも見てしまったけど、中型犬くらいのサイズがあった。うん、大きくてもヤツはヤツだ。

「ねえ、結構速いけどいけそう？　索敵範囲を広げると案内が難しいかも」

「大丈夫だぜ！　お前の索敵がなくても、なんとなく分かるし！」

「うん、当てられる～！　必殺にはならないけど、止めることはできるよ～」

頼もしい2人は、笑顔で応じた。カッコイイな、本物の冒険者だ。

『じゃあ、ユータはぼくが連れていく！』

飛び出してきたシロが、オレをぐいっと引っ張って背中に乗せた。オレを乗せるとシロが戦えなくなっちゃうから、むしろニースに乗ってる方がいいんじゃないかと思ったんだけど。

『ううん、シロにしておいて。安心できないもの』

ニースの評価が低いモモに苦笑しつつ、オレだってシロの方が安心だし、呼吸も合う。いざとなったら地図魔法は放棄して戦闘に専念しよう。

『主は俺様が守るぜー！』『ぜー！』

シャキーン！　と、アゲハとチュー助も飛び出してきた。気持ちは嬉しいけど、2人は中にいようね……。

――大丈夫なの！　ユータは守るの！

ラピスが自信満々に胸を張った。ありがとうね、でもラピスの魔法の威力じゃ、きっとオレたち生き埋め……。そしてラピスはオレ『だけ』守りそうなのが心配だ。

「あ、あたしたちも頑張るわよ！　ちびっ子に負けられないんだから！」

「おうよ！　ちょっとビビっちまったけどな！　カッコイイとこ見せねえとな！」

「カッコイイはもう手遅れ……」

闘志を燃やし出した『草原の牙』にふわっと笑うと、しっかりとシロの体に掴まった。再び目を閉じて頭の中の地図に意識を集中する。

「じゃあ……、お願いするね。案内がいらなくなったら、オレも戦えるから」

「おう、守ってやるぜ！」「ユータ、任せて～」

ぽん、と置かれた手はどちらもまだ小さかったけれど、大きな安心感をもたらしてくれた。

「じゃあ――左へ真っ直ぐ。………行くよっ!!」

「おうっ!!」

応じる声の強さに安堵して、オレはシロに身を任せた。


「左、右も！　……まだ来るよっ！」

野営地に集まっていたワースガーズが戻ってきたのか、少しずつ遭遇率が上がってきた。

賑やかに戦うニースとルッコ、そこに時折風を切る矢の音が響く。さすが、戦闘慣れしているんだな。見えないけれど、着実に3人で一体となって戦っているのがよく分かる。

「ユータ、止まらないで～！　そのまま走って早く抜けた方がいい～」

ラキの指示に従い、オレはどんどん道を辿っていく。かなりのペースで進んでいるけれど、曲がりくねった道は、上に登っているのかすら曖昧《あいまい》だ。それでも、確実に地上は近づいている。

「なんか、広くなってきたな。戦いやすいぜ！」

「その分、囲まれやすいんだけどね～！」

はっ、はぁ、と荒い息づかいが聞こえる。どのくらい走ったろうか。戦闘しながら走っているんだもの、相当な消耗のはず。特に、一切言葉を発しないリリアナが心配だ。

「この先に、行き止まりになった狭い脇道があるの！　そこで少し休もう！」

休憩して地図魔法を一旦切りさえすれば、みんなを回復できる。

「ぁ……ごめ、ん」

その時、絞り出すような小さなリリアナの声が聞こえた。ぐらりと投げ出されたリリアナの体を、シロが上手く背中でキャッチする。同時に、オレがシロから飛び降りた。

「リリアナ！　ユータ!?　わ、悪い……！」

申し訳なさそうなニースたちに、にこっと笑った。リリアナ、よくここまで走れたなと思うよ！　以前に会った時よりだいぶ体力つけたんだね。

「大丈夫、脇道までは一本道だから！　守ってくれてありがと！　オレも戦うよ」

決して余裕のあるわけではないラキとタクトは、汗みずくになった顔でニッと笑った。今まで楽した分、オレに任せて！　体育館ほどの広さになった空間を抜け、先の脇道を目指して走る。ふと、覚えのある気配を感じた気がした。

「う、うわ!?」「げっ!?」

だけどそれも一瞬、オレとタクトは同時に呻くと、ザザッと振り返って構えを取った。

「来たか？　どっちだ！」

慌てて戻ってこようとするニースたちを制止して2人で顔を見合わせると、くるりと反転して再び一目散《いちもくさん》に駆け出した。この大空間、妙に隙間が多いと思ったんだ……。

「そ、そこら中ー!!　脇道に入ってー!!」

「うおおおおー！」

駆け出したオレたちの背後から、ゾゾゾゾと静かな振動が伝わってくる。

「先に行って！」

ニースとルッコを脇道の方へと吹き飛ばしてシロに回収してもらうと、意を決して振り返った。見たくない!!　やりたくない！　けどやらねばならない時もある!!　今こそ漢《おとこ》になる時!!

キッと鋭くした目に、一生忘れられない光景が飛び込んできて、全身が総毛立った。

「ぎゃー！　い、いやだあーー!!」

一瞬くらりとするほどの莫大《ばくだい》な魔力を込めて、絶対に嫌という思いが具現化した。体が浮くほどの激しい地響きと共に、数多《あまた》のカサカサ音が消失する。

「……お前、めちゃくちゃするなあ」

「大丈夫〜？」

くらりと地面にくずおれたオレを支え、呆れた2人の視線が突き刺さった。……オレたちのいる場所から先は、まるで最初から壁であったかのように閉ざされている。

「あんな大空間、一瞬で埋めるなんて〜」

オレも、できると思わなかった。でも、何より近寄らせたくない思いが勝ったんだ。


「――はい、回復薬。し、しばらくここは安全だと思うから！」

追っ手は土の中に消えたし、行き止まりの脇道は入り口さえシールドで塞げば安心だ。

「しばらく、ねえ〜」

ラキの視線が痛い。素知らぬ顔でみんなに回復薬を配り、オレもぐいっと一気飲みした。

「あれ？　この回復薬甘いな」

眉をしかめて瓶を呷ったニースが、不思議そうな顔をした。

「それ、ユータ印の回復薬だからな！」

何も言わなきゃバレないと思ったのに！　それで妙に納得されているのも複雑な気分だ。

「おし、元気満タンだぜ！　また走れるぜ！」

「おう、俺たちももう大丈夫だぞ！　よく効くなぁ、さすがはユータ印だ！」

「もう、それはいいから！」

点滴魔法も併用したから、少しの休憩でも体調は万全のはずだ。オレの魔力は完全回復とはいかないけれど、魔素で補うほどでもない。ワースガーズもかなり数を減らしたはずだから、ここからは一気に走り抜けられるといいな。

「まだ、結構〜、残ってるね〜！」

「はっ！　うん、でもっ！　あんなに大量じゃなきゃ、大丈夫っ！」

パラパラと襲ってくるくらいなら、そう脅威じゃない。オレの精度ではラキみたいに魔法を当てるのが難しいので、もっぱら短剣が活躍している。数体くらいなら大丈夫、怖くない。

『ゆーた、もうすぐだよ！』

地上が近くなりシロの鼻で案内できるようになったので、俺とリリアナが交代している。リリアナはシロに乗りながらも器用に矢を射て、戦闘に参加してくれていた。

「おいっ！　出口だー!!」

ニースの喜びの声と共に、前方から眩しい光が溢れた。ああ、外の光ってなんて温かい。

「やったーー!!」

暗い地下から、明るい外へ――。オレたちは思い切り外の世界へ身を躍らせた。

『――ねえ、でも虫さんはいっぱいいるよ？』

満面の笑みで飛び出したオレたちに、シロの無情な声が響いた。

――ユータ、ここは任せるの！　お外ならユータたちを潰したりしないの！

「えっ？　ラピスっ……ああ～！　モモ!!」

『おっけーっ！　全力惜しみなくっ!!　ゆうたも協力してちょうだいっ!!』

「早く！　みんな、オレの周りに集まってぇー!!」

何も分からなくとも電光石火の早業で集合したラキとタクト、そして戸惑うニースたちを素早く回収してきたシロ。

「えっ？　なんだなんだ？　お前らどうした？　戦わなきゃやばいだろ!?」

「えっと～多分ね～、もっとやばいことが～」

「ニース兄ちゃん、『ユータ印』だぜ！」

全力でシールドを維持するオレとモモに、みんながぎゅっと寄り集まった。うん、シールドは小さい方が維持しやすいから……これで大丈夫！　多分。

――第一部隊、いっせいほうかー！

「「「きゅーーっ！」」」

――第二部隊、ちゅーちゅーほうかー！

「「「きゅーーっ!!」」」

一斉砲火と集中砲火に一体どんな違いがあるんだろうと思うけれど、きっとその号令に大した意味はない。ただ、もうもうと巻き上がった土煙と絶え間なく響く地鳴りで、とんでもないことをしているということだけは伝わってきた。

――あ、待つの、崩れるの！　埋まっちゃうの！　お外なのに大丈夫じゃなかったの！

突如、妙にあわあわとしたラピスの声に、とてつもなく不安がよぎった。

「ら、ラピス……？　どうしたの？」

――な、なんでもないの！　気にしないでいいの！　えっと……そう！　みなのもの！　今こそ使う時！　フウゥルスウイイングなの！

「「「きゅ!?　きゅーーーっ！！！」」」

な、なにその掛け声？　管狐たちが一斉に瞳を輝かせ、ぶわっとやる気メーターが振り切れたのを感じる。な、なにをす――。

ドガガアァン!!

「なっ⁉」「きゃあっ！」

思わず首をすくめるような大音量。ごく間近で聞こえたそれにシールドが震えた。刹那《せつな》に感じたものすごい魔力量に、シールドに当てないでくれて本当によかったと冷や汗を流す。

『ゆーた、たぶんもう大丈夫』

シンと静まった周囲とシロの声に、恐る恐るシールドを解除した。レーダーで確認するまでもなく、魔物が残ってるか心配なんてしない。殲滅《せんめつ》部隊だもの。シロが天を仰ぐと、ふわっと柔らかな風が吹いて、土煙をきれいに拭い去っていった。

地獄絵図を覚悟しつつ見回すと、目の前にはちょこんとお座りでしっぽを振るラピスがいた。

「あ！　ラピス、大丈夫だった？」

――ラピスは大丈夫なの！

そうだね、ラピスは大丈夫だと思ってるよ。そうではなく……。

「ねえ、何があったの？」

――何もないの！　虫をやっつけたの！

妙にふさふさ振られたしっぽ、やけにきゅるんとかわいいお顔……。絶対、何かあると思うんだけど。完全に土煙が晴れた周囲は、ただ広々と平野が広がるばかり。底のない壮絶なクレーターも、灼熱《しゃくねつ》のマグマも噴出していないようでホッと胸を撫で下ろした。管狐たちは、次々ほっぺにすりっとやっては消えていく。また増えてない？　タリスまでいた気がする……。

「――なあ、ユータ」

ニースが優しい声でオレを抱き上げた。なあに？　と首を傾げると、ルッコとリリアナも微笑んだ。ラキが残念なものを見る目でオレを見て、ふう、とため息を吐く。

「あっはっは！　すげーな」

タクトは1人で大爆笑していた。なにか、おかしい……。

「岩山」

リリアナがぽつりと呟いた言葉に、オレはハッとして振り返った。

――ラピス、修行してくるの！

これは旗色が悪いと察したラピスがぽんっと消えた。だらだらと汗を流すオレに、ニースたちは再び優しい顔で微笑んだ。


「どーーすんだこれ……ギルドになんて言えば……」

オレが事情を説明したところで事態が変わるわけでもなく、ニースたちは頭を抱えていた。

「も、元からなかったたってことには……」

「「「なるか!!」」」

幸い、岩山全部が消滅したわけじゃない。たまたまオレたちの近くにあった一画がきれいさっぱりなくなっただけだし……。

「巣穴が作られたせいで崩れたのかも～って言うしかないんじゃない～？」

「それでいいんじゃねえ？　なんでそうなったか知らねえってさ！」

結局、知らぬ存ぜぬで通すしかない。だって説明しても信じてもらえないだろうし。

ちなみにワースガーズは、地上にいた分は殲滅されているけれど、巣の中にはまだいるので、丁寧に出入り口を塞いで目印をつけておいた。

「ねえ、それはそうと～、依頼の期限迫ってるんじゃない～？」

もうてっぺんよりだいぶ傾いたお日様に、ニースたちがにわかに慌て出した。

「やっべえ！　早く帰らねえと！　よし、急いで帰……」

ハッと振り返った３人は、にこにことしっぽを振るシロを見て、まっ白になった。

その後、屍《しかばね》みたいになった『草原の牙』をシロに乗せてギルドへ運び込み、回収しておいたワースガーズの素材を提出して、なんとか依頼は達成ということになったようだ。翌日には討伐隊が組まれるそうで、もう安心だろう。

そして、夜。みんなが寝静まった頃合いを見計らって、オレはぱちりと目を開けた。

「行かなきゃ、いけないよね」

――大丈夫、ラピスがついてるの。

昼間のことをころっと忘れたラピスの口ぶりに、やれやれと苦笑しつつ、静かに転移した。

オレ1人だけなら、ライトは必要ない。1つ深呼吸をすると、暗闇の中を歩き出した。大丈夫、1人じゃない、怖くない。ほんのりと輝きながら先導するラピス、肩にはシールドを張るモモ、そしてティア。ポシェットや襟元から顔を覗かせるムゥちゃんにチュー助・アゲハ。蘇芳を抱え、歩を進めるオレの脇には、ぴたりとシロが寄り添っていた。

「――ここだね」

そこは、オレが塞いだワースガーズの巣、その埋められた大空間であった場所。

「やっぱり、感じるね。ううーん……上？」

微かに漂う、覚えのある嫌な気配。昼間よりも薄いのは、オレが埋めたせいだろう。これはきっと、魔寄せ――その原料になる呪晶石《じゅしょうせき》だ。そのせいでこんなにワースガーズが大量発生したのかな。埋めはしたけど、放っておいてまた大量発生していないとも限らない。レーダーで慎重に周囲の気配を探りつつ、感覚を頼りに土を掘り進めていった。

「あ……多分、ここだよ」

最後の土をのけると、途端に周囲に漂う嫌な気配が濃くなった。慌てて掘り進めた入り口を埋めておく。果たしてそこには、天井からぶら下がるように禍々《まがまが》しい結晶が生えていた。

『うわ、本当ね。ここまで近いとよく分かるわ。確かに嫌な感じだわ』

モモがきゅっとオレに寄り添った。気分が鬱々《うつうつ》とするような、胸騒ぎがするような。まさに『嫌な感じ』としか言いようがないこの感覚。

『ゆーた、集まってくるよ』

「うん、勿体ないかもしれないけど……浄化しちゃうね」

価値があるらしいけれど、浄化なしに回収したいと思わない。どうにも、この感じはルーやサイア爺の『穢《けが》れ』を思い出すから、あってはいけないものだって気がする。

『ふーん、浄化したらきれーだな！』

チュー助が澄んだ結晶をつんつんとつついた。浄化した呪晶石は結晶化した穢れと似て、ただの黒水晶のように静かな輝きを湛《たた》えている。これ、またオレが持っていかなきゃいけないんだろうか。でも、置いておくと元に戻ってしまいそうで怖い。

『持っていく方がいい、気がする』

蘇芳が、小首を傾げて言った。じいっと呪晶石を見つめて、これでよしと満足そうに頷く。理由は分からないけど、蘇芳が言うならそうしよう。だって、幸運のカーバンクルだもの！

それに、オレだって見つけて放置するのはなんだか気持ち悪い。

「あ～眠い。それにしてもワースガーズ、どうして急に出てきたんだろうね」

『それなんだけどね～、私も考えていたのよ。あれだけの数がいるのに見かけないなんて、巣の出入り口は埋まっていたんじゃないかしら？　出られないいまま、増殖したんじゃない？』

「でも、それだと見つからなかったのは分かるけど、急に出てきたのは？」

うーんと腕を組んだオレに、モモがそっと目を伏せた。

『それ、聞きたいかしら？』

憂いを秘めた声音に首を傾げる。もちろん、真相を知りたいけれど……。

『あの夜、魔法使ったじゃない？』

野営した日？　そう、念のために野営地の周りを土魔法で囲ったんだよ。

『さすが主だったぜ！　ズズズーッって地面が揺れてさ！　あっという間に壁が――』

チュー助の言葉にピタッと動きを止めた。え……まさか？　違うよね？

『ま、そうかもねってだけよ。うん、憶測でしかないからね！』

がっくりと膝をついたオレに、シロが慰めるように寄り添った。

「ねえ、ルーは呪晶石って知ってる？」

柔らかな草の上に横たわって見上げると、抱えた前脚がピクリと反応した。肉球をぎゅっと押すと、大きな爪がにゅっと出る。ルーは爪まで黒くて、その先端は鋭く尖っていた。

「それがどうした」

「ルーの穢れと似てるな、と思って」

何度も爪を出して遊んでいると、やめろ、と前脚を取り上げられてしまった。ちょっとむくれて顔を上げると、じろりと金の瞳がこちらを見た。

「……似ているはずだろう、同質のものだ」

「同質のものって？」

さあな、と気のない返事。まだ早い、そう言われた気がした。こうなったらもう答えてくれないだろう。再び前脚に手を伸ばすと、ひょいと避けられてしっぽでガードされてしまった。

「けち……」

「うるせー」

脚を触らせてくれないルーにふてくされ、隣にある漆黒の腹を見つめた。大きな呼吸に伴って膨らんで、へこむ。微かに腹の地肌が見え隠れしている。柔らかそうで、温かそうで、思わず手を伸ばして毛の薄い部分を撫でてみた。

「!!」

背中の毛を逆立てて飛び起きたルーの、あまりに大きな挙動につい笑ってしまった。

「ごめんね、そんなにびっくりした？」

「びっくりじゃねー！　いきなり獣の腹を触る奴があるか！」

ああ、確かに。お腹なんて弱点だもんね。獣相手にそんなことはしないけど、ルーはヒトだと思ってるから。カロルス様も急に触るとビクッとするけど、あれは獣だと思ってるから。

「じゃあ、今から触るね」

「さっ……わるな！」

ビクッとしたルーが再び跳ね起きてオレを睨んだ。ちゃんと言ったのに。

「てめーがいると眠れねー！」

ブツブツ言ったルーが突然ふわっと光ると、するすると小さくなって凛々《りり》しい青年の姿をとった。これなら触るまいと得意げな顔に、くすくす笑いを堪える。

「ルー、人の姿は久しぶりだね」

聞いているのかいないのか、ルーは頭の後ろで腕を組み、横になって金の瞳を閉じた。どうしても寝るつもりらしい。徐々に引き締まった口元に力がなくなり、ぎりりと刃のような表情が緩んでいく。ルーって、獣の時も、ヒトの時も、本当に気持ちよさそうに寝るんだ。

せっかく人型になったのに寝ちゃうなんて。オレは遠慮なく体の上によじ登ると、硬い体にうつ伏せになって耳を当てた。獣の時よりずっとはっきり聞こえる鼓動と、呼吸の音。少々べッドが狭くて固くなってしまったけれど、これはこれで仕方ない。

「ねえ、オレ、あれを見つけたら浄化していくね。だって『穢れ』みたいだから……。ルーたちに、もしかして悪いものだったらいけないと思って……」

うとうとしながら、どうせ聞いていないと思って小さく呟いた。もし、ルーたちがまたあの病気になったら困るもの。じわじわとルーの温もりが伝わって、満足して瞳を閉じた時、がしっとオレの頭に大きな手が置かれた。

「お前はそんなことをしなくていい」

半分も開かなくなった瞳で見上げると、寝ているとばかり思っていた金の瞳が、鋭くオレを見つめていた。

「うん……でも、もし……見つけたら………」

そんなに簡単に見つかるものじゃないはず。でも、見つけたらその時は放っておけないもの。微笑んでそう言ったつもりだったけど、どこから夢だったのかもう分からなかった。

6章　あたたかな日常と仲間

「――ユータ、垂れてるぞ」

体に響く低い声にぱちっと目を開けると、顎の下に小さな水たまりができていた。あ、あれ？　寝てなかったはずなのに。慌てて顔を上げて顎を拭う。

「昼寝するか？　俺も寝たいぜ」

カロルス様は、ふああ、と大きな口を開けて反り返った。ぐっと両手を伸ばすと、本当に大きい。立って手を伸ばしたら、天井に届くんじゃないだろうか。

「カロルス様、お仕事は？　オレ、お仕事終わるの待ってたんだけど」

「お前が膝にいて動けなかったからな。もう済んだぞ」

おや、オレが膝で寝……座っていればそんな効果が？　いいことを聞いた。

「じゃあ、一緒にお昼寝する？」

「おう、外行くか！　お前、気配消せよ」

お昼寝するのにお外？　それに気配？　言うが早いか、すうっとカロルス様から溢れるエネルギーが内側へ吸い込まれた気がした。さすが、Aランク。見事なものだ。だけどどうしてお昼寝するのに気配を消す必要が？　戸惑うオレを掴み上げ、そっと開いたのは……窓？　しいっとオレに向かって指を立ててみせると、窓枠に長い足をかけて身を乗り出した。

「よっ、と」

オレを抱えたまま軽く飛び上がると、片手で屋根の縁を掴んで一回転。体操選手のように体を押し上げた。なんだか手慣れているな……。

屋根の上で一息吐いたカロルス様が周囲を見回し、ビクッと肩を揺らした。

「領主様ともあろう者が……なぜ屋根の上にいらっしゃるのか事情を伺《うかが》っても？」

近くの木の枝に立っていたのは、きりりとよく冷えた執事さん。その前に、どうして執事さんともあろう者が木の上にいるのか、その事情を聞きたいところだ。

「ま、待て！　違うぞ、今日はもう終わったんだ！」

「おや、ではどうして普通にドアから出ていらっしゃらないのです」

カロルス様は、スッと目を逸らしてもごもごと呟いた。

「だって早く終わったら終わったで他の仕事押しつけそうじゃねえか……」

見た目だけは優しく微笑んだ執事さんから、冷んやりとした気配がさらに強く漂った。

「それはそもそも、元からあなたの仕事だということは——ご存知ない……？」

「やべえ！　ユータ、逃げるぞ！　シールドを張れ！」

逃げるカロルス様を、ヒュヒュンと氷の矢が掠め、思わず振り返ったオレと執事さんの目が合った。しまった、って顔。執事さん、オレがいること忘れてたでしょ。

「あー参った。今日はバレねえと思ったのにな」

足を投げ出して地べたに座った領主様は、はっはっはーと大きな口で笑った。ちっとも反省はしていないようで、執事さんたちの日頃の苦労がしのばれる。

「カロルス様、お仕事はちゃんとしないとダメだよ？」

「分かってるっつうの。でも今日はやったろ？　この天気だ、外で寝るにゃ最高だぞ」

村はずれの湖までひとっ走りしてきた領主様は、にっと笑って上着を放った。せっかくきちんと着ていた衣服をだらしなく着崩して、もう領主様には見えない格好になってしまう。

そのまま清々《すがすが》しい顔で草の上に横になると、悠々と頭の後ろで手を組んだ。

「もう……村の人だって来る場所だよ？」

放り投げられた上着を畳んで、メッ！　と表情を険しくしてみせると、カロルス様はどこ吹く風でふふんと笑った。まあ、今日のカロルス様は頑張ったから、労《ねぎら》ってあげるとしよう。

オレはブラシを取り出すと、金の髪を梳《と》き始める。だけどルーたちに比べてカロルス様の頭の小さいこと！　丁寧に丁寧にブラッシングしても、あっという間に終わってしまう。

「うーん。もうちょっとたくさん髪があったらいいのに……」

「お、お前っ！　その言い方はないぞ!?」

うつらうつらしていたカロルス様が、ガバッと起き上がって頭に手をやった。どうも納得いかない顔だけど、気持ちよかったでしょう？

「余計な台詞がなければ、最高だったんだがな……」

ブツブツ言いつつ再び横になると、オレを腹に乗せた。お腹が冷えるならシャツをしまえばいいのに。この間の人型ルーと比べてみると、カロルス様ベッドの方がだいぶ幅が広い気がする。余裕のあるベッドにぺたっとほっぺをくっつけると、胸元をとんとんしてあげる。

――ユータ、寝ちゃうの？

ハッと顔を上げると、カロルス様のシャツにちょっぴり染みができていた。カロルス様は気持ちよさそうに寝息を立てていて、寝かしつけは成功だ。いつもしてもらうように、金髪の頭を撫でてみる。でも、この小さい小さい手では、あんな風にはできないみたいだ。

眠るカロルス様をまじまじ見つめると、さんさんと当たる日差しでくっきりとまつげの影ができている。暑くないだろうかと触れたおでこは、幸い汗ばんではいないようだ。そっと顔にかかる髪を払って、手触りのよくなったそれを指で梳いてみる。

されるがままの無防備な姿に、オレが守らなきゃいけない側みたいな気分だ。相手はか弱きお姫様じゃないけれど……そう、きっと貴重な幻獣のような。オレはするすると金色幻獣の髪を梳き、チクチクする頬や顎に触れてみる。

と、オレの両手のひらより大きそうな蝶々が視界を横切った。つい目で追っていると、あろうことか金色の頭にちょんととまる。こ、これは獣じゃなくてお姫様だという主張だろうか。まるで不釣り合いな大きなリボンに、吹き出しそうなのを必死で堪えた。

「手、止まってるぞ」

いつの間に起きていたのか、カロルス様が片目を開けた。高貴な獣……いやお姫様の仰《おお》せならば喜んで。くすくす笑って髪に手を伸ばしたところで、蝶々がいないことに気がついた。

「あれ……？」

きょろきょろした時、カロルス様が盛大に吹き出した。

「はっは、なんだそれ！　お嬢ちゃん、いやお姫さんか？　よく似合ってんぞ！」

オレの頭に登場した大きなリボンを察し、オレは最高に納得いかない顔で頬を膨らませたのだった。

「見ーつけた！　こーんなところに出来のいい魔法使いが2人もいるなんてラッキー！」

アレックスさんの元気な声に、オレたちは眠い目を擦って渋々ベッドから身を起こした。

「アレックスさんどうしたの？　この時間にお部屋にいるの珍しいね」

寮で同室の先輩アレックスさん。彼は普段もう1人の先輩、テンチョーさんと早朝からギルドの依頼に行っちゃうので、大体お部屋にはいないんだ。

「いや、今日もお仕事さ。全く、俺って人気あるからさ、忙しくて参っちゃうね」

「じゃあ、どうして帰ってきたの～？」

アレックスさんは5年生、テンチョーさんは7年生の最高学年で、もう授業はほとんどないらしい。今も完全に冒険者の出で立ちで部屋に入ってきたところを見るに、一旦ギルドへ行ったのだろう。そういえば魔法使いがどうとか……ちなみにオレは召喚術士ですけど。面倒でランプ代わりにライトの魔法を使ったりするので、すっかり魔法使いだと認識されているようだ。

「とりあえず説明はするからさ、まずシャッキリ起きて着替えて！　早く！」

事情を聞くと、中規模の討伐依頼に魔法使いを連れていきたいとのことらしい。

「ねえ、オレたちまだFランクだよ？　参加するのは無理じゃない？」

それならもう一度お布団に……。横になろうとしたら、布団をひっぺがされた。

「へへっ！　俺たちのランク、なんだと思う～？　聞いて驚け～、Dランク!!　すげーだろ！」

「えっ！　ランクアップしたの!?　すごい！」

素直に驚いてバンザイすると、アレックスさんがフフンと胸を張った。俺たち、ってことはテンチョーさんもDランクってことだね！　学生でDランクなんて、滅多にあることじゃない。

「Dランクだからさ、この依頼を受けて、かつお前たちを引率できるってワケ。お前たち優秀って噂だから、サポートすれば大丈夫だろ？」

「それって～、僕たちに断る選択肢はあるの～？」

さあさあと背中を押されて部屋を出つつ、ラキが振り返った。

「ないな！」

快活な笑顔にため息を吐いて、オレたちは顔を見合わせた。討伐依頼と来れば、タクトを置いていけば恨まれる。途中、タクトを拾ってオレたちはギルドへと向かった。

「ちゃんとした魔物の討伐ー！　凶悪な魔物～！」

タクトはとんでもないことを嬉しそうに言いながら、うきうきとスキップしている。実力はあるもんね、よっぽど普段の依頼が物足りないんだろうな。

「タクトは変わってるよね～。仕事は危険が少ない方がいいに決まってるのに～」

早朝から起こされてちょっぴり不機嫌なラキが、はしゃぐタクトをぼんやりと目で追った。

「でも、ラキやオレは他にお仕事があるけど、タクトは難しいんじゃない？」

「うーん、魔法剣使う人は珍しいんだから、いずれは先生とか～？」

タクトが、先生……？

「……で、でも人には向き不向きがあるもんね～。うん、冒険者が合ってるってことだよね～」

慌てて目を逸らしたラキが、早口で付け足した。それはそれでフォローになってないと思う。

「遅いぞ！」

ギルドに到着すると、テンチョーさんがコッコッと床を踏み鳴らしながら待っていた。

「早いと思うんですけど！　だって使えそうなのは出払ってるしさ～、そこで思い出したわけ！　ウチの部屋にいる優秀な奴ら！」

ずいっと押し出されたオレたちに、テンチョーさんが目を丸くした。

「お前……ユータたちを連れてきたのか！　ランクはギリギリとはいえ、危険だろうが」

「でもさ、優秀って噂だぜ？　他にいねーもん、危なかったら俺が守りに徹するし」

だいじょーぶだいじょーぶ、と軽い調子でのたまうアレックスさんに、テンチョーさんがため息を吐いてオレたちに向き直った。

「お前たち、討伐は平気か？　お前たちだけで討伐した魔物はどんなやつがある？」

「問題ないぜ！　大きいのだったらブルーホーン？　強かったのは水中の変な魚。あとは……」

「遠征の時にはいろんな魔物と戦ったね～、危険だったのはワースガーズの群れとか～」

次々と名前を挙げる2人に、テンチョーさんとアレックスさんが黙って顔を見合わせた。

「それに、ユータはダンジョンも行ってるし～、アーミーアントの群れなんかも倒してるし～」

「――採用っ!!」

アレックスさんとテンチョーさんが若干引きつった顔で視線を交わすと、ビシリと指を突きつけた。半強制的に連れてこられて不採用なら、かなり納得のいかないところだ。

今回の依頼は、ライグーっていう雑食の魔物討伐なんだって。タクトが期待するような凶悪な魔物じゃないけど、街の外にある畑の被害が深刻らしく、数が増えてるからいずれ人も襲われるだろうって状況らしい。見た目は普通の4足歩行の動物って感じなのに、どうして魔法使いが重宝されるんだろう。

「こんちは！　よろしくな！」

アレックスさんの気安い挨拶《あいさつ》に、既にギルドで待機していた2人組が軽く手を挙げて応えた。

「あと1組来るらしいね。ところで、『学生コンビ』の実力は知ってるけど、その子たちは？」

まだ若い2人組の男女は、首を傾げてオレたちを覗き込んだ。

「俺たちの助手！　こう見えて優秀な魔法使いたちなんだぜ？　『希望の光』って知らない？」

「えっ！　こんな小さい子だったの!?」

弓使いと剣士らしい2人組は、たいそう驚いてまじまじとオレたちを見つめた。

「もう小さくないぜ！　ちっこいのはユータだけだぞ！」

「僕も大きい方かな～」

ぐんぐん身長の伸びている2人が、憐憫《れんびん》の目でオレを見下ろした。

「オレは年下だから仕方ないの！　ちゃんと大きくなってるから！」

エリーシャ様やマリーさんは、大きくなりましたねって言ってくれるんだから!!

「まあ、でも一番頼りになるのはユータだから～」

地団駄《じだんだ》を踏んだオレに、ラキがなだめるように言って頭に手を載せた。

「ところで、どうして魔法使いを集めてるの？」

「どうしてもこうしても、テンチョーしか魔法使いがいない状況でさ、さすがにそれじゃ任せらんないって話になったワケ。もう1組も魔法使い連れてくると思うぜ！」

「ごめん、私たちは魔法使いの当てがなくって……」

弓と剣の2人組は、申し訳なさそうに肩をすくめた。

「魔法使いが足りないのは分かったけど、どうして必要なの？　剣で倒せそうじゃない？」

みんなを見上げて首を傾げると、知らないのか？　なんて視線が降り注いだ。

「ユータたちはまだ習ってないか。ライグーは強くはないが、厄介《やっかい》な特性を持っていて……」

「ここで質問！　ライグーの特性ってなーんだ？　1、実はああ見えて飛ぶ！　2、実はチョー刃物に強い！　3、実は臭《くさ》い！　さてどーれだ？」

テンチョーさんの説明を遮ったアレックスさんが、ビッ！　と指を3本突き出した。3人で首を捻ってみたけど、どれもなさそうでありそう。魔物って奇想天外なことがあるからなあ。

「うーん、臭い～？」

「刃物に強いんじゃねえ？」

「じゃあ、オレは飛ぶ！　にしようかな」

揃ってアレックスさんの顔を見つめると、彼はサッと2人組へマイク（？）を向けた。

「さ、答えは!?」

「えっ？　あ、ああ、ライグーはニオイがな……危険を感じるとめちゃくちゃ臭《くせ》えんだ」

やったー、とラキが喜んだのも束の間、くすくす笑った相方さんが言葉を続けた。

「それにね、弓や剣が通りにくいの。あの毛、すっごく滑るのよ」

よっしゃ！　とタクトもガッツポーズ。でも答えが2個の時点で正解ではないんじゃない？

オレだけハズレなのかと肩を落としたところで、おっとりした声がかかった。

「うふふっ、君も合ってるわよぉ。ライグーはね、飛ぶ……ううん、浮かぶの」

背後からの声に驚いて振り返ると、おっとりした女の人がほっぺをもにもにと摘まんだ。

「まああ……柔らかいわ……」

両手でオレのほっぺをいじくり回しながら、彼女はにっこり微笑んだ。

「あなたがアレックス君に、テンチョー君ね。私はモンリー、こっちはミツナ」

モンリーさんの後ろから、小柄な女の子が顔を覗かせて頭を下げた。勢いよく下げられた頭に、三つ編みがぴょこっと跳ねる。ところで、そろそろほっぺを離してほしい。

さっきの2人組はナックとミコと名乗り、オレたちも挨拶を済ませると、どうやらテンチョーさんがリーダーシップをとって今回動くようだ。

ぞろぞろとギルドから出ていこうとした時、テンチョーさんは助かる、とアレックスさんに囁いていた。何のお礼？　手を繋いだテンチョーさんを見上げて小首を傾げる。

「アレックスはな、こういうのが上手いんだ。さっきのクイズの相手はお前たちじゃない」

「どういうこと？」

「知識の確認、だな。必要なことだが、知識のない奴に限って、尋ねるとトラブルになる」

色々と経験があるのだろう、テンチョーさんが深々とため息を吐いた。アレックスさんって、ただチャラい人じゃなかったんだな。もしかして結構な策士なんだろうか。


「……お前たち、いつもこんな感じなのか……？」

「そうだよ？　テンチョーさんは違うの？」

いつも通り草原で昼ごはんを確保しながらの道中に、どこか引き気味のその他メンバー。そりゃあ、よその人は知らないかもしれないけど、うちの学年ではこれがスタンダードだよ。

『違うわ、ゆうた、それをスタンダードにしたのはあなたよ』

そんなことないと思う。美味しいものを食べたいって思うのは万国共通だもの。ちなみにライグーは毒があるわけじゃないけど、臭いので普通は食べないそう。害獣としての討伐で、素材は匂い袋くらい、それも持ち帰りが難しいので放置が基本。でも、ただ討伐か……。

「そうだ、ラピス、チュー助、プレリィさんとこでお料理する方法がないか聞いてきてくれない？　もし料理できるなら、美味しいものがたくさん食べられるよ！」

『よしきた！　俺様聞きに行ってやる！』

――美味しくなったらラピスも食べるの！

張り切って飛び出していったチュー助とラピスを見送って、モモがふよふよと揺れた。

『ま、どうしようもなかったら私がいただこうかしら』

「でも、臭いみたいだよ？」

『平気よ、スライムってあんまり苦手なニオイとか味がないの。好みはもちろんあるけれど』

そっか、だからスライムってなんでも食べるのかな。せめていただく命を活用したいって思うのは、単なるエゴ。だけど、それを忘れるとただの殺戮者《さつりくしゃ》になってしまう気がして。

チュー助たちがすぐに帰ってこないということは、きっとレシピを書いてもらっているに違いない。新たな料理の可能性に、オレはそわそわしながら2人の帰りを待っていた。

「ここ、だな。なるほど、これはひどい」

街を出て少し歩くと、柵で囲まれた畑があった。けれど、畑はイノシシがでんぐり返りして暴れ回ったみたいな有様《ありさま》だ。なぎ倒された草で獣道《けものみち》が出来上がり、森の方まで続いていた。

「ここまで荒れるなんて、相当な数がいるみたいね」

「別に夜行性ってわけじゃなかったよな？　隠れてた方がいいよな」

だけど辺りに隠れる場所なんてない。畑の周囲は安全のために草を刈ってあるので丸見えだ。ライグーって確か、あんまり賢い生き物じゃないって……。

「穴を掘って隠れたらどう？　交代で見張りをしたら、その間休めるよ」

「ユータ、それはいいアイディアだけどな、その穴を掘る時間が勿体ないって！　それに、畑の近くでそんだけ怪しい動きしてたら、さすがにライグーも警戒するじゃん？」

ぐりぐりと撫でつけるアレックスさんの手を逃れ、畑の側でぺたりとしゃがみ込んだ。

「でも、穴掘りなんてすぐだよ！　見てて！」

ものは試しだ。お城を建てるわけじゃなし、防空壕《ぼうくうごう》みたいなものを作るだけ。こだわればこだわるほど引かれると学んだので、ごくシンプルに小さな地下室を作った。椅子やテーブルなんかはあとで用意すればいいだろう。

ほらね、と振り返ると、ややあってアレックスさんの大声が響き渡った。

「ほらね、じゃねーーからぁーー‼」

「ユータはいつもこんなだぞ！」

「お前たち……これに慣れるのはよくないと思うぞ……」

テンチョーさんがぽん、とタクトの肩に手を置いた。今回は魔法使いなんだから、問題ないでしょ？　ラキだってもう少し小規模ならできるはずなのに、そ知らぬふりをしていた。

何はともあれせっかく作ったんだし、オレたちは地下に身を隠して待機することになった。

「すっごいのねぇ、君たちの噂はかねがね……。尾ひれがついただけってわけじゃないのねぇ」

「今日知れてラッキーだぜ。まだ低ランクだろ？　心置きなく誘えるな！　今度魔法使いが必要な依頼があれば頼もうかな」

驚かれはしたものの、しっかりと実力は認めてもらえたようだ。この程度ならできる魔法使いって結構いるもの、オレがまだ幼いからビックリされるだけだ。

「でもね～ユータ、魔法使いは普通、戦闘時にしか魔法使わないんだよ～？」

……………それは忘れてたけど。

「えー、じゃあさ、料理の時はどうすんの？　火とかいつもユータがやってるよな？」

「普通に火を起こせばいいんじゃない～？　鍋《なべ》とかも作らず持参すれば～？」

オレたちもその都度ラキが作る時もあるけど、ラキの魔力はそう多くないので、調理グッズはきちんと収納に入れてある。

「お前らさぁ、料理しねーって選択肢はないわけ？」

「ふむ、興味はあるな。実地訓練でも1年生が伸びたのは料理のお陰だって話だ」

これは、ライグー討伐が上手くいったらみんなで野外ランチを楽しめるってことかな？　ライグーが食べられないなら、もう少し他の獲物を探しておく必要があるかもしれない。

「きゅっ！」

『主ぃー俺様が戻ったぜ！』

ぽんっと空中に飛び出したチュー助を両手で受け止めると、シャキーンとポーズを取って誇らしげだ。これは朗報に違いない。

『ふふふ、どうだったと思う～？　俺様の活躍のお陰で！　この……』

――ユータ、レシピもらってきたの！

ラピスがひょいっとチュー助の背中に刺さっていた筒を取り出して、オレに渡した。くるくると巻かれた紙を広げると、果たしてそこには詳《くわ》しいレシピがイラスト付きで記されていた。

プレリィさんって絵が上手なんだね！

『俺様……俺様の手柄……』

肩でめそめそしているチュー助をおざなりに撫でながら、熱心にレシピを読み込んだ。ふむふむ……なかなか面倒だけれど、処理次第で美味しく食べられるらしい。

「まずは、ニオイを発しないうちに倒す。でも、たくさんいるなら一撃目以外は難しいよね」

タクトとラキが両側からオレの手元を覗き込み、顔をしかめた。

「え〜、ユータ、食べるつもりなの〜？」

「臭いって言ってたぞ？　持って帰られないぐらい！」

体を引いた2人に、ムッと唇を尖らせた。

「これはね、プレリィさんのレシピだよ！『上手く処理すれば深いうま味と独特の風味が癖になる、最高の珍味《ちんみ》』って書いてるけど……2人は食べないの？」

ふふん、とレシピを掲げると、2人がごくりと生唾を呑んだ。さすがプレリィさん、効果は抜群だ。さっそく額を寄せ合って作戦を立て、オレたち『希望の光』の方針は決まった。

「ねえテンチョーさん、ライグーが来たらどんな風に攻撃するの？」

「そうだな、畑の持ち主には悪いが、しばらく数が集まるまでは様子を見させてもらう。ある程度集まったところで、なるべく私たち魔法使いで多くを仕留めるしかないな」

「残りと、息があるヤツの始末は、俺たちが頑張るしかないってね……」

げんなりとした様子で、アレックスさんがきゅっと布きれで顔半分を覆った。タクトたちも、見よう見まねで布を巻いて、なんだか盗賊団みたいな有様だ。

「あ、来たかも」

複数の気配に上を見上げると、見張りをしていたモンリーさんが頬を膨らませた。

「どうして私より先に行っちゃうのよぅ～？　みんな、来たわよぉ！」

図鑑から猫くらいの大きさかと思っていたのだけど、秋田犬ほどだろうか。たぬきっぽい生き物が、わさわさと森の方から集まってきていた。

「かなりの数だな……1回の討伐では難しそうだ」

頭の上のテンチョーさんが、難しい顔をした。見え隠れするライグーは、既に10匹をゆうに超えている。こんな数で来られたら、いくら大きな畑でもあっという間だ。

「よし、そろそろ行くぞ。これ以上増えても討ち漏らすだけだ」

そろそろと穴から出ると、ライグーのぎゅうぎゅう鳴く声と、掘り返された土の匂いがぷんと漂っていた。テンチョーさんが呪文を唱え始め、オレたちは顔を見合わせて頷き合う。

「みんな、目を閉じて!!」

行くよっ！　久々のぉ～……ハイ、チーーズぅっ!!　昔とは違う、魔法に慣れたオレの改良版ハイチーズ！　指向性のある強烈な閃光《せんこう》弾に、声も上げずにバタバタとライグーが倒れた。光が収まるか収まらないかのうちに、ラキの精密射撃！　確実に額を射貫いた数匹が絶命する。

「っしゃあ、行くぜ！」

「……あ、ちょ、ちょっと⁉　みんなも続けー！」

飛び出したタクトが、他には目もくれず、閃光で気絶したライグーたちのトドメを刺して回った。アレックスさんたちが慌てて追いかけ、テンチョーさんの氷のつぶてがあとを追う。

「うっ……‼　オレ、後ろにいるー！」「僕も～！」

これはキツイ。これがライグーのニオイ……オレのが閃光弾ならライグーのこれは催涙弾《さいるいだん》だ。下手にニオイを吸引しちゃったら気絶するかも。慌てて地下まで避難すると、顔だけ出して風でニオイを散らした。

「お前ら、ズルいぞ⁉」

タクトがあまりの刺激臭にぼろぼろ涙を流しながら遠くで怒鳴った。

「タクト、最初に倒したライグーたちはこっちに持ってきてね～！」

オレたちはにっこり笑って手を振った。大丈夫、オレたちはここからでも攻撃できるから。

援護射撃をしながら戦闘の様子を見守っていると、ボン！　と音がし始め、風船みたいに丸くなったライグーが１匹、２匹……これが、浮かぶってやつ⁉　なるほど、これはライグーにとっても決死の技だろうな。自力で動けず、ただただ浮かんで風に流される様は、まさに風船。何も殲滅しなくても、数を減らせば懲りて畑には来なくなるだろう。中空に浮かんでぐるぐる

回る姿に、少し哀れみを持って見送った。

パシュ、パシュン！　響いた音に、思わずラキを振り返る。

「ああなると的が大きいし当てやすいね～」

爽やかに微笑んだラキに執事さんに似たオーラを感じて、オレは思わずぶるっと震えた。

「お前らも手伝え～」

全身で持てるだけのライグーを抱えてきたタクトが、ばたりとオレたちの近くで地面に転がった。目からも鼻からも口からも流れるもので、随分と無惨な姿になっている。

「げっほ……おえぇ……俺もう行きたくねえ」

「ちょっと、タクト臭い～。あっち行って～」

ラキの辛辣《しんらつ》な台詞に苦笑しつつ、オレも正直臭い。よし、丸洗いだ。タクトの口に水中呼吸の魔道具をねじ込むと、側に放り出されたライグーごとぬるま湯に浸け込んで、洗浄魔法をかけた。タクトは一瞬驚いたものの、随分心地よさそうだ。

「おお……臭くなった！　サンキュー！　で、こいつらはどうする？」

どうやら討伐もそろそろ終わりのようだし、ここからオレの出番かな！

「あっちに風呂があるから、みんな臭くなくなるまできれいに洗うんだぞ！」

「なんで風呂が……いや……もういい、助かる」

疲れた顔の面々が、タクトの誘導でぞろぞろとお風呂場の方へと向かった。男女で分けて壁を作って……と考えていたのだけど、ラキに笑顔で首を振られた。全裸になって入るわけじゃないので、お湯さえあればいいらしい。

その間にさっそくお料理、もとい下準備を始めよう。さあ、と向き合うと、血抜きしたライグーはいつも料理する生き物よりも大きくて、少し手が止まった。

『丸々として美味しそうだね！　臭くなかったら、ぼくも食べられるかな』

決して出てはこないシロが、オレの中でにこっと微笑んだようだった。

「……そうだね。うん、きっと美味しくなるよ！」

オレもにっこり笑うと、しばらく目を閉じてから、スッと刃を滑らせた。

「洗えばもう臭くないから、そのままで大丈夫じゃないの～？」

「うん、それがね……」

ぐっと開くと、なんとも言えない刺激臭が鼻をついた。

「あ、臭い～！　やっぱりダメ～。これ食べられないよ～！」

ラキは素早くオレから距離を取った。これを食べようとチャレンジした人は強者《つわもの》だなぁ。ちょっぴり涙目になりながら、用意しておいた人肌の薬湯《くすりゆ》に次々お肉を放り込んでいく。

『主ぃ……これも臭いけど』

プレリィさんのレシピによく登場する薬湯は、森人の知恵らしい。いろんな薬草やハーブを束にして煮出したもので、ブーケガルニみたいだ。とても汎用《はんよう》性が高くて、配合具合によって調味料や料理のベースにもなる優れもの。なかなか慣れがいるけれど、オレも基礎の薬湯は使えるようになってきた。今回はプレリィさんから教わった、ライグー専用の特種な薬湯だ。深緑に染まった薬湯自体からも、なかなかすごいニオイがする。ライグー肉を浸けながら他の料理を用意し、頃合いを見て引き上げた。さらに別の薬湯で下茹《したゆ》でをすれば、準備は完了だ。

「ユータ！　腹減……ってない！　俺向こう行ってくる！」

タクトは駆け寄ってきたかと思うと、素晴らしい反応で距離を取った。くっ、野生の勘か。

「ねえタクト、こっち来て！　ちょっと手伝って」

「……なんだよ？」

優しく微笑んで手招きすると、そろそろと近づいてくる。もう少し、もう少し……。

「な・に・しやがる！」

「味見だよ、あ・じ・み！　いつもタクト喜ぶでしょ？」

反射神経のいい奴……。すんでのところでガッチリと掴まれたオレの腕はビクともしない。

「残念だったな！　俺に力で勝とうなんて１００年早いぜ！」

そのままひょいと軽く押し戻されて、これ見よがしに笑うタクトにぶすっと頬を膨らませた。

「ねえ、タクト〜」

「なんっ……!?」

振り返ったタクトの口に放り込まれたのは、下処理を済ませたライグーのかけら。ラキ、グッジョブだ。大丈夫大丈夫、モモは美味しいって言っていたから。口へ入れてしまえば吐き出すことはしないタクトは、恨みがましくオレたちを睨むと、急いで口の中のものを咀嚼《そしゃく》した。

「おいしい?」

嫌そうな表情がふいに変わり、ごくり、と動いた喉に思わず身を乗り出した。

「うーん、そうだなぁ……これは……」

続く言葉に期待を込めて瞳を輝かせると、電光石火の早業でオレの口に何かが突っ込まれた。

「こんな味だっ!」

調理台にあったかけらが、今度はオレの口の中で存在を主張し、思わず口元を押さえた。せっかくタクトに食べさせたのにー!

「まあ、でもマズくはねえよ」

しれっと呟いたタクトが、ぺろりと口元を舐めた。確かに、茹でただけのそれは、淡泊で柔らかな中にほんのりと香木《こうぼく》のような上品な香りが漂う、不思議な味だった。

『美味しいって言ったじゃない、私の舌は一級品よ！』

信じなさいよ！　とモモは伸び縮みして怒るけれど、だってモモ、ライグーの不要部分だって美味しいって食べたじゃないか……。それと、スライムに舌はない。

「すごい……高級品みたいな味だね！」

「ちょっと物足りねえけどな」

そりゃまだ味付けしてない素材だもの。それなのにあの臭みはどこへ行ったのかと感動すら覚えた。うまく下処理できていることに気をよくし、ふんふんと鼻歌を歌いながら料理していると、タクトが簡易テーブルに顎をついて不満げに口を尖らせた。

「時間かかるんだな。もうさっきの味薄いやつにソースでもかけて食ったらいいんじゃねえ？」

普段より時間がかかるのは仕方ない。そもそもプレリィさんのレシピだからこだわりも多いし。オレは料理に対する冒涜《ぼうとく》発言に、じろりとタクトを睨んだ。

「僕はちゃんと待っているから、美味しいの食べたいな～」

ラキは結局いくら勧めても、下茹でしただけのライグーは食べなかった。

「ユータ、マジ優秀！　お前らいつもあんな快適冒険生活してるわけ!?」

「助かった。まさかここで風呂に入れるとは……魔力の無駄使いも捨てたものではないな」

賑やかに戻ってきた2人とその他のみんなは、お風呂に入って着替えたようだ。ライグー討伐に着替えは必須らしい。でないと街に入れてもらえなくなっちゃうからね。

「これ、なんの匂い？　とってもいい香り」

「お、お前たちこんなところで料理しているのか!?　なんだそのすげー料理……」

ナックさんたちが簡易テーブルにせっせと並べ出した料理を見て顔を引きつらせた。

「お風呂に入っている間に、みんなの分も作ったよ！　……材料はたくさんあったし」

どうやらみんなライグー料理だとは思っていないようだ。見た目も美しい料理は、どれもライグーが入っているんだけど、言わない方がきっと美味しくいただけるよね。

「こ、これが噂の!!　想像していたのと違うんだけど!?　めちゃくちゃ本格的なんですけど!?」

「う、うむ……これはおいそれと真似できそうにないな」

そんなことはいいからいいから！　アレックスさんとテンチョーさんもぐいぐい引っ張って席に座らせると、気取って料理をサーブしていった。

「う、うそ……これ君が料理したの？　高級レストランみたい……」

「こ、これおいくらかしらぁ？　お姉さんあんまり裕福じゃないのよねぇ」

モンリーさんたちの不安げな声に、ハッとした面々が縋るような目でオレを見た。

「あ、お金は……」

「サービスで、銅貨5枚でいいよ～！」

にっこり微笑んだラキの台詞に、目を輝かせた一同がいそいそと財布を引っ張り出した。

「だって、調味料とか色々使っているでしょ～？　実際破格のお値段だよ～？」

無言で見つめると、ラキはそう言ってにっこり微笑んだ。

『うんうん、あなたたちのパーティにラキがいて安心だわ！』

モモだけは満足そうにもふんと揺れた。

「おおお……なんだこれ⁉　この肉！　すげー美味い！」

「このスープも！　ねえこれなんのお肉なの？　銅貨で食べちゃって大丈夫⁉」

無言で食べるのに忙しい人、頬ばりながら美味いと言う人。共通するのは美味しそうだってことだ。遠慮なくがちゃがちゃと響く食器の音が、それを物語っているようだった。

「ユータ！　これめちゃくちゃ美味いな！　苦労した甲斐《かい》があるな！」

「本当に美味しい～それに、鍋底亭《なべぞこてい》っぽい感じもする～！」

がつがつと貪《むさぼ》る2人ににこっとして、オレも料理に手をつけた。下処理したお肉にたれを絡め、遠火でじっくり炙《あぶ》ったメインの肉料理、お野菜と共に、ほろりととろけるほど煮込まれたライグーのスープ、細かく割いてハーブと和えた添え物。勿体ないから、いっぱいライグーを使ったよ。残ったお肉はプレリィさんに持っていくんだ。

メインのライグーにナイフを入れると、表面がパリリといい音をさせた。きらきらと透明の肉汁が溢れてソースと混じり合う。これが美味しくないはずはない。口へ運べば、そんな確信を裏切ることのない美味さに思わず唸った。

「これ……この香りどこかで……」

ライグーは、肉そのものに上品な香りがついていた。コース料理で出てくるような……そうだ、トリュフのソースを思わせるような独特で上品な香り。それは肉料理をワンランクもツーランクも上に押し上げる、まるで魔法のような変わり身だ。

「あんなに臭かったライグーも、ちゃんと処理すればこんなにいい香りになるんだね……」

しみじみと呟いてもう一口頬ばった時、ふと静かな周囲に気がついた。ラキとタクトを除いた全員の視線が注がれている。きょとんと首を傾げると、アレックスさんが口を開いた。

「ユータ……？　今、なんて？」

「え？　ちゃんと処理すればライ——」

……あ。言わない方がいいんだった。えへ、と笑って誤魔化してみたけど、少々遅かった。

「う、うそだぁー食っちまった!!　でも美味かったけど!!」

「いやぁー！　私の鼻と舌、ダメになっちゃってるの!?　どうしてこんなに美味しいのぉー！」

うむ、阿鼻叫喚《あびきょうかん》の騒ぎになってしまった。

「兄ちゃんたち、いらねえなら俺がもらうけど」

「あ、モンリーさんたちいらない？　じゃあ僕が……」

「「「いる！　食う（食べる）から！！！」」」

ここぞとばかりに皿を引き寄せようとした2人に、ヤケクソのような大声が響き渡った。


翌日、オレたちは鍋底亭にライグーのお裾分けにやってきた。ライグー討伐の依頼は大成功、参加した他のパーティにも喜んでもらえたし、きっとオレたちパーティの株も上がることだろう。依頼が上手くいって、オレはにこにこだ。

「料理が美味いって噂が広がってもね～」

2人は、どこか微妙な表情だ。贅沢だな、いい噂なんだから、それでいいじゃない。

「ユータ君いらっしゃい、どうだった？　驚きの美味しさだったろう？」

「うん、すごく美味しかった！　あんなに臭かったのに……プレリィさんすごいね！」

「いやいや、レシピだけでちゃんと再現できたんだろう？　君の腕前だよ」

すごいじゃないか、と細い指がオレの頭を撫でてくれる。お料理をしていたのだろう、その手からはほんのりと美味しそうな香りがした。

「そうさ！　誰だってできるものじゃないさ。もう一丁前の料理人さね、胸を張りな！」

キルフェさんに勢いよく背中を叩かれてつんのめる。師匠たちに認められたようで、オレの頬も独りでにほころび、はにかんで笑った。

「だからさぁ、ユータは料理人じゃねえっての」

「ユータは何を目指しているんだろうね〜」

「オレは普通に冒険したいだけだよ。でも、いくら冒険でも美味しくない保存食とか、焼いただけのお肉ばっかりだと飽きちゃうでしょ？」

冒険だって、ぐっすり寝て美味しいごはんがあった方がもっと楽しいに違いない。たまには、冒険者飯を楽しむのもオツかなとは思うけど。

「それは『普通に冒険』って言わない～」

「ははっ、冒険者にとって『外』での食事はエネルギー補給でしかないからねぇ」

みんな、やろうと思えばできるはずなのに、こういうものだと思い込んでいるんじゃないかな。自分たちで調達すれば、結果的に保存食を買うより安上がりだし。オレたちを見て、もっと食事を楽しむ余裕を持った人が増えるといいね。


「さぷらーいずっ!!」

転移で直接真上に出ると、転がったもふもふのお腹にダイブした。ぎゅっと引き締まった体の中で、唯一柔らかなお腹は飛び込むのにもってこいだ。人型になったらお腹も硬いのに、獣型だと柔らかいのは不思議だね。

腹でオレを受け止めてむせたルーに構わず、するっと下りると満面の笑みで振り返った。だって、知ってるよ。ルー、オレに気付いて避けずに受け止めてくれたでしょう。

「ねえルー！　ライグーって食べたことある⁉」

「『ねえ』じゃねー‼」

ルーが低く唸って睨んだ。鼻面《はなづら》に寄った深い皺《しわ》は、指が突っ込めそう。

「絶品になったからね、ルーも食べてみたいかなって思って、持ってきたんだよ！」

そっぽを向こうとしたルーの耳が、ピクリとこちらを向いた。

「いいだろう、そこへ出せ」

偉そうに向き直ると、自分の前へ顎をしゃくった。食べてやってもいいと言いたげな顔とは裏腹に、しっぽが興味深げにぴょこぴょこと揺れていた。

「――美味しいでしょ？　ライグーってすごく臭いんだよ。だから作戦を考えて――」

ふんふんとあからさまに適当な相槌《あいづち》を打ちながら、ルーは皿まできれいに舐め取ってライグー料理を平らげた。美味しいとは言わないけど、とてもご満悦の様子だ。知らず知らず前肢をきれいに揃えて食べる様子は、なんとも上品。人型だったら、どんな風に食べるんだろう。荒っぽいかと思っていたけど、案外スマートに上品に食べるんだろうか。ぺろり、ぺろりと口の周りと、周囲の空気までひとしきり舐めて余韻を楽しむような仕草、無意識なんだろうけどよっぽど美味しかったんだなって思えて、誇らしくてくすくすと笑った。

そのまま伏せて毛繕《けづくろ》いを始めたルーに、こてんと背中をもたせかけた。柔らかな被毛の感触と、奥にある鋼の体。ルーが顔を動かすたびに、オレも揺れて、視界も揺れた。ふさ、ふさ、と揺れるたび耳に当たる柔らかな毛がくすぐったくて、向きを変え顔を擦りつけた。

「……あったかいね」

「クロスリーフの花が咲く。もう寒くはならん」

美味しいごはんでご機嫌になったルーは、ちゃんと返事をしてくれる。あったかいのは、ルーだったのだけど。言われてみれば、湖の周囲にも色とりどりの花が咲き始め、柔らかな日差しが漆黒の毛並みをぽかぽかにしていた。

「ルーは、物知りだね」

「お前が、ものを知らん」

フン、と鼻で笑ったルーが、どさっと体を横たえた。

「わ……」

ルーにもたれていたオレの体も、巻き込まれてころりと後ろへ転がった。ぱさっと髪が広がって、ルーの漆黒の毛並みと一緒になる。不思議だね、同じ色なのに、オレの髪とは全然違うものに見える。オレもごそごそ移動すると、胸元に入り込むように前肢を枕にして横になった。

「……おい」

地面すれすれになった視界には、萌《も》え立つ小さな命がたくさん映って、どこか嬉しい気持ちになった。お日様に温められたルーの被毛の匂い、土や若い草木の匂い。生き物の、生きている匂い。ふんわりと微笑んで力を抜くと、オレからも命の香りがする気がした。

「……無防備すぎる。魔力を漏らしすぎだ」

ルーの不機嫌な声が体に響いて、ぼんやりしていた心を引き上げた。

「そう？　ダダ漏れだった？　でも心地よくて」

――生命の魔素がいっぱいで、一時的に聖域みたいになるの。ラピスは気持ちいいの！

ラピスとティアが嬉しそうに空中をくるくる回って、きゃっきゃと笑った。

「……目立つだろうが」

ちらっとルーが視線を走らせた先には、こそこそと森の中に見え隠れするしっぽやツノ。森の幻獣たち、久し振りだね！　ブラッシングしてあげたいけど、今はルーがいるから無理かなぁ。

「――おうおう、見せつけおる」

突然響いた声に思わず飛び上がり、ルーの瞳は不機嫌そうに細められた。

「サイア爺！　どうしたの？」

「ぬしの心地よい気配を独り占めは、ずるいと思わぬか？　のう？　そこの黒いの」

ちょいちょい、とつつかれて、ブンとすごい勢いでしっぽが飛んだ。思いのほか身軽な動作で避けたサイア爺は、くるっと回って着地する。

「ふぉふぉ、若いの」

「うるせー！　来るな！　帰れ！　地面の下で大人しくしてやがれ！」

ばし、ばし、と苛立《いらだ》たしげにしっぽが地面に打ちつけられて、反抗期の子どものようだ。

「おうおう、怖いの。ぬし、こちらへ来るといい。膝を貸してやろうぞ」

既にほやほやした気分だったオレは、膝を叩いたサイア爺にこくりと頷いて素直に立ち上がった。うつらうつらしつつ足を踏み出すと、心地いい何かに顔が埋まる。

「……？　ルー？」

ルーがオレの目の前で壁になっていた。向こう側ではサイア爺が爆笑している。

「……どうしたの？」

「……うるせー！　てめーも、てめーも全員帰れ！」

目の前の温かな体を抱きしめると、不機嫌ＭＡＸな獣の唸り声が体に響いた。

「ぬしは面白いの……分かった、分かった、このくらいにしておいてやろうかの。ユータ、次は地底湖に遊びに来るがよい」

半分閉じた視界から、サイア爺がフッと消えたのが分かった。まだ若干背中の毛を逆立てている獣に苦笑して、そうっと撫でる。

「ねえ、お昼寝起こされちゃったね。もう1回寝直そうよ……寝ないとオレ、帰れない」

「………」

小さく響いていた不機嫌な唸り声が徐々に消え、フンと鼻息を吐くと、乱暴に横になった。

「一緒にお昼寝すると、気持ちいいね。オレ、ルーのところでお昼寝するの好きなんだ」

ルーも、一緒にお昼寝するのが好きだといいな。そんなことを思いつつ、限界突破した眠気は、あっという間にオレを夢の世界へ引きずり込んだのだった。

◆◇◆◇◆

オレは石畳の上を、割れ目を避けてひょいひょいと歩く。ハイカリクの大通りはいつも賑やかで、気持ちがそわそわしてくる。今日は人混みの中を歩くので、シロはオレの中でお休みだ。こうやって1人、街を歩くのも、なんだか独り立ちしたようで誇らしい気持ちだ。今はこうして歩いていても、ひっきりなしに大人の人に心配されたりしない。堂々としたものだ。

オレは鼻歌を歌いながら目当ての店へ向かった。2人とも授業があるので、オレだけでラキに頼まれたおつかいに来ている。ちなみに、オレも別にサボっているわけじゃない。ちゃんと試験を受けて、不要な授業を免除してもらっているんだから！　小学生程度の試験だもの、簡単だよ。実技の授業はボロが出そうだし、座学の授業は眠くなるし、自己学習でクリアできるところはクリアして、他のことに時間を使うんだ。午後は特に予定もなかったので、おつかい大歓迎！　オレ自身はあまり買う物がないので、こうしておつかいするのは結構楽しい。

『黄色の屋根～黄色～あ、主！　あれ黄色だぞ！』

「うん、あのお店だね！」

まずは1つ目のお店、素材がメインの雑貨屋さん。冒険者がよく来るお店なので、お手頃価格の魔道具なんかもちょこちょこ売ってある。そろそろパーティ資金も貯まってきたし、収納袋を手に入れる頃合いだ。だけど、安いのは思ったより容量が少ないみたい。

結局頼まれた素材だけ購入すると、次の店へ向かった。路地裏は建物に囲まれて薄暗く、いつもどきどきするような気配が漂っている。加工師はそんなにたくさんいないので、道具を売っている店はこぢんまりした路地裏の1店舗だけらしい。

「お、白犬の！　今日は1人か？」

「そう！　オレ1人でおつかいだよ」

見たことのある冒険者さんがにっかり笑うと、通りすがりに頭をぐしゃぐしゃと撫でた。

「あのでっかいワン公がいるから大丈夫だろうけどよ、気ぃつけてな！」

「だいじょうぶ！　ありがとー！」

振り返って手を振ると、乱れた髪をそのままに、視界に捉えた目的の場所まで走った。

目的の道具を入手して、ちょうど店を出ようとしたところで店長さんが加工作業を始めた。

何気なく見ていると、ただの石ころが無骨な手の中で徐々に透明度を増して小さくなり、変なヘラでちょいちょいいじるとみるみる形を変えていく。わあ、と口の中で呟くと、つい足を止め、カウンターに伸び上がって眺めていた。

「……見ていて面白いか？」

しばし真剣に見つめていたオレは、突然話しかけられてビクッと飛び上がった。

「う、うん！　とっても面白いよ」

「そうか、じゃあまた別の日に来るといい。暗くなると危ないぞ」

促されて窓の外を見ると、そろそろ日が傾きそうになっている。暗くなるにはまだ時間があるけれど、特にこの辺りでは、子どもが出歩く時間ではなくなりつつあった。

「そうする！　おじさんありがとう！」

にこっと笑顔で手を振ると、オレはますます薄暗くなった路地裏へと飛び出した。

「あら？　こんなところでどうしたの？　迷子かしら……」

ご機嫌で歩いていると、買い物カゴを提げたお姉さんに捕まった。大通りでは捕まらなくなったのに……この辺りではまだダメらしい。

「違うよ！　オレ、おつかいしてきたんだよ」

苦笑して見上げると、まだ幼さの残る顔でお姉さんがくすっと笑った。

「あら、女の子じゃないのね。じゃあ大通りまで一緒に行きましょう。男の子だってこんなところ、１人で来ちゃダメよ？　危ないんだから」

「平気だよ、オレ冒険者なんだから」

しっかりと繋がれてしまった手を取り返すこともできず、オレはばさっとマントを翻《ひるがえ》して腰の短剣を指した。服装だって、ちゃんと冒険者らしく見えるはずなんだけど。

「あらあら、本当、冒険者さんみたいに見えるわよ」

「冒険者なんだよ!!」

みたいってどういうこと!?　むっと頬を膨らませると、お姉さんはますます笑った。

仕方なくお姉さんと手を繋いで歩いていると、なんだか周囲に人が増えたような。

前方から明らかにこちらに視線を合わせて寄ってくる男に、お姉さんも気付いたらしい。ビクッと身をすくませると、足早に脇道へ逸れた。

「あ、お姉さん、そっちに行っちゃ……」

ひゅっと息を呑んだのが伝わる。奥から現れた他の男に、お姉さんはオレを抱き上げると、踵《きびす》を返してさらに細い道へ駆け込んでしまう。

「そっち、行き止まりだよ！」

一生懸命訴えてみるけれど、パニックになったお姉さんの耳には入っていないようだ。ついに壁に突き当たり、お姉さんは、はあはあと呼吸を乱して呆然と立ち尽くした。

「こんな時間にうろつくもんじゃねえよぉ？」

へらへらした男たちが、ゆっくりと近づいてくる。小さく悲鳴を上げたお姉さんは、オレを下ろして後ろへ庇《かば》った。ぎゅっと握られた手が、可哀想なくらいに震えていて、オレはそっと後ろからお姉さんに抱きついた。

「お姉さん、大丈夫。オレ、冒険者だって言ったでしょう？　お姉さんを守れるよ」

真っ白になった顔で、お姉さんがオレを見た。視線を合わせ、大丈夫と微笑んでみせる。

「お、随分きれいなチビちゃんだな。でも、まだあと5、いや10年足りねえなあ！」

ドッと男たちが笑い、気負いなく手を伸ばした男から、ほんのり酒と汗の臭いが漂った。オレはサッと前へ回ると、伸ばされた手を思い切り振り払って睨み上げた。

「お姉さん、嫌だって言ってるよ！　あっち行って！」

「こいつ……！」

無造作に蹴り飛ばそうとした足を避けざま、軸足を払って額へ一撃。オレの倍はある男が、頭からきれいにひっくり返って、ゴツリと鈍い音がした。

「え……？」

狐に摘まれたような顔をしたお姉さんを振り返って、にこっとしてみせた。

「大丈夫でしょう？　そこにいてね」

石畳に後頭部を打ちつけた男が伸びているのを確認して、残りの男たちに1歩近づいた。

「オレは戦えるよ！　もうあっち行って！」

くそぅ、こんな時、なんて言えばいいんだ……我ながら、この台詞は格好よくないと思う。立ち去れ！　だろうか。とんずらこきやがれ……だっけ？　悩むうちに、目の色を変えた男たちが詰め寄ってきた。やっぱりあの台詞ではダメみたいだ。

冒険者崩れみたいな人たちが、あと4人。ぶん、と飛んできた拳を避け、うなじへ思い切り回転を乗せた回し蹴りを1つ。声もなく崩れ落ちた男から飛びのき、風を切る音に身を屈ませる。角材みたいなものが頭上を通り過ぎて驚いた。子ども相手に、大人げない……。

ぐずぐずしてるうちに最初の男が呻いて立ち上がってしまう。やっぱりオレではパワーが足りない。かといってただの小競り合いで魔法や短剣もどうかと思うし……。

「ハッ！」

ふらふらしている男の懐《ふところ》に飛び込み、短剣の柄でみぞおちに抉《えぐ》り込むような突きを放った。

短剣でも刃を使わなければ許される、よね？　倒れ込む男の背中を踏み台に、接近していた男の側頭部を蹴り飛ばす。これで戦闘不能はやっと2人。

「あ〜。ほら、やっぱり〜」

「おにーちゃんが迎えに来たぜ！」

と、男たちの背後から覚えのある声が聞こえた。思わず安堵して頬が緩む。

「ラキ！　タクト！　どうしたの？」

「お前がきっと何か面倒事を起こしてるんじゃないか……ってな！」

派手な音がした。新手と見てタクトに襲いかかった角材の男が、鞘《さや》ごと振り抜いた剣に吹っ飛ばされて壁に突っ込んでいた。ガランガランと真っ二つになった角材が転がっていく。

……タクト……もうちょっと加減ってものを……。

「ユータ、帰るよ〜」

軽い音と共に、1人が見事に足を天に向けてひっくり返った。砲撃を受けた額よりも、打ちつけた後頭部が大ダメージだ。残った男は、仲間を助けもせずに背中を見せて逃げていった。

「おととい来やがれ、ってんだ」

フン、と顎を上げたタクトは、ちょっとカッコイイなと思った。その台詞、次は使えるようにしようと、オレはしっかり頭のメモに書き残したのだった。

「さ、お姉さん、行こうか？　大通りまで一緒に行こうね？」

にっこりと微笑んで手を差し出すと、お姉さんはぽかんと口を開けたまま、頷いた。


「……お前らだろ」

「なんのことですか～？」

ラキがにっこりと微笑んだ。翌日、オレたちは待ち構えていたギルドマスターに捕まってしまった。オレとタクトは分が悪いと判断して、素早くラキの後ろへ避難完了している。

「別に怒っちゃいねえんだ、娘っこを助けたんだろ？　ちっとやり過ぎの感はあるが……」

「やり過ぎてなんてねっ……」

振り返りもせずに、ラキの足が的確にタクトの足を踏み抜いていた。

「で、それがどうして僕たちなの～？」

白々しく首を傾げたラキを、ギルドマスターがギロリと睨みつけた。

「しらばっくれんな、ちっこい3人組でそんなことができるのは、てめえらぐらいなんだよ」

「そうかな～？　僕たちのクラスのメンバーなら、結構みんなできるんじゃないかな～」

確かに、オレたちのクラスのメンバーはぐんぐんと実力を伸ばしている。でも、大の大人をあれほど一瞬で戦闘不能にできるかというと……ちょっと無理があるよね。ラキの崩れないにっこりポーカーフェイスに、オレたちは頼もしさ半分、恐ろしさ半分だ。

「それで、それがどうかしたんですか～？」

「……チッ。大したことじゃねえよ、お前ら早くランク上げろってことだ」

オレたちはきょとんとして顔を見合わせた。ランクは上げたいと思っていたけれど、ギルドマスターから急かされるなんて夢にも思わなかった。

「実力のある奴が下のランクでくすぶってんのは勿体ねえんだよ、一人前になって色々……まあいい。お前らとっくに上がれんじゃねえのか？」

オレとラキが苦笑してタクトを振り返ると、タクトは背中を向けて小さくなっていた。

「——俺もさぁ……結構頑張ってると思わねえ？　お前らみたいには無理だっつうの……」

ギルドからの帰り道、タクトはしょんぼりと肩を落としてブツブツ言っている。

『すご～く頑張ってるのだけどねぇ。一芸も二芸もある人に比べられたら堪らないわよねぇ』

モモが慰めるように、タクトの頭の上でみょんみょんと揺れた。

「そういえば、さっきはどうして女の人を助けたことを誤魔化したの？」

怒ってないって言ってたし、バレても構わないいんじゃないだろうか。

「念のためかな～。例えば奴らがギルドに言いがかりをつけた場合、当然ギルドが事を収めるんだけど～、してやったんだからお前らも何かしろって流れになることがあるんだよ～」

「恩に着せるってことか⁉　卑怯だぞ！」

元気になったタクトが憤慨《ふんがい》して拳を振り上げた。で、でも面倒事を収めてくれたんなら、ありがとうってお礼に何かするのは別に……オレは構わないけれど。

「ユータがコレだからね～。いいように利用されちゃうよ～。まずはなんでも馬鹿正直には言わずに様子を見るのは取引の基本、って習ったよ～？」

あ、それってこの間の授業で聞いたような。そっか、こういう場合に必要なことなんだ。すごいな、ラキって授業が実際の生活にばっちりと結びついている。机上で習ったことがちっとも活かされていないオレとは大違い。日本にいた頃だって、きっとそう。学びは実際に役に立てることができたろうに、何年分もの勉強が随分と勿体ないことだ。

「オレも、もっときちんと勉強しようかな」

呟いたオレを、タクトがぎょっとして凝視《ぎょうし》した。

「そうだね～、これからは秘密基地で勉強するようにしようか～」

今度は音がしそうな勢いでラキを振り返ったタクトが、にっこりポーカーフェイスにぶち当たって再び影を背負っていた。

7章　王都からの使者

「きゅ！」

「あれ？　アリスどうしたの？」

さっそく今日からと秘密基地で勉強していると、ぽんっとアリスが目の前に飛び出してきた。

アリスは普段カロルス様のデスクをお気に入りにしているはずなんだけどな。

——ユータに用事って言ってるの。急がないけど帰ってきてほしいみたいなの。

「カロルス様たちが？　なんだろうね」

オレの作るレシピは大体料理長のジフに渡してあるから、リクエストなら受け付けてくれるはずだし……マリーさんとエリーシャ様が会いたいって言ってるのかな？

「オレ、用事ができちゃったから行ってくるね」

「今日は帰ってくるの～？」

うーん用事が何か分からないけど、一旦帰ることくらいはできるはず。曖昧に頷いたオレに、ラキはじっとりした視線を向けて、そう、と言った。なんだろう、仕事帰りにこっそり飲みに行くサラリーマンみたいな気分だ。オレ、悪いことしてない……よね？

「あ、俺も用事が……ってぇ!!」

サッと立ち上がって離脱《りだつ》しようとしたタクトの後頭部に、ラキの砲撃が命中した。

「用事はこれが終わってからにしようか～」

涙目で座り直したタクトが、捨てられる子犬みたいな目でオレを見つめる。ごめんタクト、オレには君を応援することしかできないから……。


「――おう、ユータさっそく来てくれたか！」

秘密基地を出てロクサレン家へと転移すると、ただいまとカロルス様に飛びついた。

「……それで、どうしてオレを呼んだの？」

激しい突撃音と共に入室してきたマリーさんとエリーシャ様にぐりぐりされながら、この2人のため？　と目で尋ねてみる。苦笑して首を振ったカロルス様は、少し困った顔をした。

「――そっか、やっと話がついたんだね！」

「そうだ。ヴァンパイアと対面なんて、ビビっちまうか、討伐すべきっつう奴らばっかりで人選が難航《なんこう》してたみてえだ。立候補で決まったんだと。あちらさんの準備はどうかと思ってな」

ついにエルベル様たちと、国の偉い人たちの面談の場が設けられる。これで魔物とは全然違うってことが分かれば、きっと少しずつ――今は無理でも将来は、きっとヒトとして一緒に歩んでいけるはず。進み始めた未来に、頬が上気するのを感じた。オレの小さな力でも、少しずつ変えていけることがあるのかもしれない。

「じゃあオレ、エルベル様たちに聞いてみるね！」

「おう……でもその役目、そろそろ誰か他に託せねえか？　お前が担うには重すぎるだろう」

心配そうなブルーの瞳が、じっとオレを見つめた。

「ありがとう。でも、最後までやりたいよ。それに、代われる人はいないんじゃないかな？」

「あー……スモーク、とか……」

カロルス様はそう言いながらスッと視線を逸らした。それ、絶対に無理だよね。アッゼさんの方がマシだけど、こちらは飄々《ひょうひょう》としてどこまで信用していいものやら。

「ユータちゃん、エルベル様はいい方だけど、誰もがそうとは限らないのよ。何かあればすぐに私たちに言うのよ？　大丈夫、それでヴァンパイアの人を嫌いになったりしないから」

きゅっと華奢な腕の中にオレを閉じ込めて、エリーシャ様が緑の瞳を揺らした。

「そうです、できれば私もご一緒して……」

「ううん、いいの！　あんまり強い人が一緒に行かない方が安心だと思うんだ」

マリーさんが行ったらいろんな意味で大変になりそう。残念そうな2人に手を振って、オレはさっそくエルベル様の元へと転移した。

「王都の使者って誰なんだろうね？　どんな人なんだろう」

――ラピス、反対してた人は覚えてるの。そういうのが来たら、目に音を見せてやるの！

目に物見せてやる、かな。そんな人たちは来ないと……来ないよね!?　いや、来ないでね!?

オレはちょっぴり冷や汗を掻きながら、不穏な気配を漂わせるラピスをそっと撫でた。

「おや、ユータ様？　今日はこちらからですか？」

「うん！　だって正式なおつか……使者だから！」

いつもみたいにエルベル様の真上に転移してもよかったんだけど、オレだって国の使者みたいなものでしょう？　だから得意になってお城の門に登場してみたんだ。門番さんとも顔見知りなので、ちょっと不思議そうにしながら招き入れてくれる。

「あのね、エルベル様に会いに来たの！　今日はちゃんと用事があるんだよ！」

門番さんの冷たくて硬いグローブの手を握って見上げると、きれいな顔が笑み崩れた。

「ふふふっ、そうですか。いいのですよ、用事がなくても来ていただいて」

背の高い門番さんは、そうっとオレの手を握り返し、ぎこちなく腰を屈めて城内まで送ってくれた。１人で行けるけどね、でも使者だから！

上階のお部屋までついてきてもらうのは申し訳ないので、そこからは勝手知ったる他人の城、

1人でトコトコ歩いていった。しまったな、せっかくだからもっとよそ行きの服を着てくればよかった。豪華な扉の前で、ちょっと気取って咳払いすると、ツンと顎を上げてノックした。

そういえばこの扉を外から見るのは久々な気がする。

「はい？」

内側から聞こえたグンジョーさんの訝るような声に、精一杯の大人っぽい声で応対した。

「ロクサレンからの使者が参りました！」

「……ユータ様？」

どうして分かったんだろう。気負いなく開けられた扉にちょっとガッカリしたけれど、奥の人影に気付いて、するりとグンジョーさんの腕の下をくぐった。

「エルベル様ー！　使者だよー！」

ベッドに腰掛けた彼をひっくり返す気満々で飛びつくと、ガシッと首根っこを掴まれ片手でぶら下げられてしまう。ああ、今日も防御されてしまった。

「お前は……扉から入ったところで、結局同じか」

ぶら下げられて不満げなオレに、エルベル様がため息を吐いた。

「膨れるな。なんでいちいち俺を驚かせる必要がある。それで？　今日はなんの用だ」

ちらちらとオレの手元を確認する視線に、くすっと笑って収納袋からおにぎりを取り出した。

これは佃煮《つくだに》入りおにぎり。エルベル様は案外和食が好きなので、取っておいたんだ。

「あのね、オレ、今日は使者なんだよ！　カロルス様がね――」

意気揚々と説明しかけ、嬉しそうにおにぎりを頬ばるエルベル様を見て、はたと気がついた。

こうじゃない……ちゃんと片膝ついて『文を預かってござる！』みたいにカッコよく決めようと思っていたのに、どこで狂ったんだろうか。

「――そうか。こちらは問題ないぞ、お前たちの土地へ行けばいいのだろう？」

「うん、ナーラさんが来てくれるんだよね？　王様の使者は知らないけど、大丈夫かな……」

華奢で美人なナーラさんだけど、曲がりなりにもヴァンパイアだもの、そうそう心配はいらないとは思うのだけど。

「ナーラはあれで図太いからな。こいつみたいに暴走することもないし、うまくやるだろう」

ちらりと視線を受けたグンジョーさんが、ものすごく異議のありそうな顔をしている。

「私がいつ暴走しましたか……あなたじゃあるまいし」

あー。エルベル様はしたよね、暴走。うぐっと詰まった彼は、じわりと赤くなってむくれた。

「エルベル様はまだ子どもだもん！　そういうこともあるよ！」

にっこり笑って背中をさすったら、俯いていた瞳がじろりとオレを睨んだ。

「お前に言われてもな……」

ちゃんと慰めてあげたのに！　オレはますますヘコんだエルベル様に唇を尖らせた。

「こちらは準備もありませんし、いつでも行けます。日時などは追ってお知らせ願えますか？」

「うん！　多分、あっちの使者は転移でぴょんって来るわけじゃないだろうしね」

「お前が『あっち』と言うのはおかしいだろうが」

なんのことかと首を傾げると、エルベル様はもどかしげに紅玉の瞳を細めた。

「お前の側の使者だろう。お前はあちら側だ」

フイと視線を逸らした仏頂面を眺めて、ああ、と思い当たった。

「ユータ様、エルベル様はまだ子ども、ですから。ではゆっくりしていってくださいね」

あからさまに馬鹿にした口調で言い捨て、グンジョーさんはさっさと出ていってしまった。

反論の機会を失ったエルベル様が、悔しそうに顔を歪めて歯噛みしている。

「ねえ、エルベル様」

「なん……!?」

オレはエルベル様の両ほっぺをむにっと引き上げた。端正な顔が歪んで、口元からちらりと小さな牙が覗く。何しやがる、と怒った瞳を覗き込んで、ふわっと笑った。

「オレは『こっち側』だよ」

一瞬見開かれた瞳が、すぐさま逸らされた。見つめるオレの視線の中で、じわじわとむくれていく王様が可笑しくて、オレは一生懸命笑いを堪えた。

「……そんな必要はない。お前はあちら側でいい」

「そんなこと言ったって、オレ『あっち』の人は知らないもの。『あっち』の味方をする理由はないよ。カロルス様たちだって、オレたちの味方してくれるよ、大丈夫」

何か言うたびにむくれるエルベル様は、ついに半分ほどオレに背中を向けてしまった。さっきと同じように背中をさすると、今度は払いのけられてしまう。それでも、白銀の髪から見え隠れする耳が赤く染まっている限り、王様の不興を買ったわけではないと確信を持って笑った。

「エルベル様～？　オレもう1つ手土産があるんだけどなぁ？」

「……お前……、俺は簡単に食い物につられると思っているだろう!?」

そんなことを言いつつ、ちゃんと向き直ったエルベル様には、ライグー料理の残……取り置いていた分を差し上げよう。

「エルベル様、ライグーって知ってる？　すっごく臭くて――」

ベッドに立ち上がり、身振り手振りも交えて語っていると、ぐいっと手を引かれた。ぼすんと尻餅をつくと、エルベル様が眉間に皺を寄せて不服そうな顔をしている。

「横で臭い臭い言うな。マズくなるだろう」

それでもお皿を抱え込んでいるエルベル様に、オレはベッドに転がってきゃっきゃと笑った。

「どんな人かな？　もう来るかな？」

――まだ来ないの。なにしてるの？　引き出しを何回開けても入ってるものは同じなの。

王都からの使者が来る日、オレはそわそわしながら館の中を彷徨っていた。皆忙しくしている中、することがないのはオレとセデス兄さんくらいだ。お互いしっかりとおめかしした服を着せられてはいるけれど、特に出番はない。落ち着かない気分でセデス兄さんの膝に上ったり下りたりしていると、じっとしておいで、と捕獲されてしまった。

「ねえ、王都から来るのはどんな人なのかな？　怖い人だったらどうしよう」

「うーーん、怖い……と言えば怖いけど、多分ユータが怖がるような人じゃないよ」

「えっ！　セデス兄さん、知ってる人なの⁉」

オレは大いに驚いて見上げた。

「有名だから王都にいれば誰だって知ってる人だよ。残念ながら僕の知り合いじゃあないね」

そんな有名で偉い人が来るのかと不安が胸に押し寄せてきた。お偉いさんなんて、きっとカリカリしていて厳しい人に違いない。ツィーツィー先生みたいな。

「ははっ、大丈夫、いい人……？　だよ。いろんな意味で有名なだけだよ」

さらに尋ねようと座り直した時、レーダーに反応があった。ナーラさんたちだ！　ぴょんとセデス兄さんの膝から飛び降りると、一直線にお外へと駆け出した。

飛びつこうとして、いつの間にか追いすがっていた執事さんにキャッチされてしまった。

「ユータ様、お召し物が汚れてしまいます……失礼致しました、ナーラ様ですね。私はロクサレン家執事、グレイにございます。どうぞこちらへ」

そっか、いつもきれいだから気付かなかったけど、ナーラさんも今日は普段よりも高価そうな衣装を身に纏い、いかにも王様の側近という雰囲気を醸《かも》し出していた。一応護衛ということだろう、これまた高価そうな鎧《よろい》を纏った2人が付き従い、オレにこそっと手を振ってくれた。

ナーラさんがふと扉の前で足を止め、オレのレーダーも近づく気配を捉えた。だけど――。

「あれ……空？」

ぐんぐん近づいてくる気配は、はるか空の上からだ。

「ああ、軍の飛竜船《ひりゅうせん》ですね」

つい執事さんに身を寄せると、大丈夫ですよ、とオレの肩に手を添えてくれた。

「飛竜船って、ドラゴン……!?」

オレはドキドキしながら、執事さんの長い足を抱えて空を見上げた。

「いえいえ、飛竜はワイバーンのことです。ドラゴンとは違いますよ」

「ワイバーンって両腕が翼になってるドラゴンじゃないの？」

オレはてっきりそういう種類のドラゴンだと思っていたのだけど。

「そうですね、見た目は似ていますが、能力が桁違いです。ワイバーンは所詮《しょせん》翼のあるトカゲですが、ドラゴンはドラゴンです」

分かったような分からないような。でも、それでもオレにとってはドラゴンみたいなもの。空を飛ぶ爬虫類《はちゅうるい》、なんてロマン溢れる生き物だろう!! 少しでも早く見つけたくて、執事さんに抱き上げてもらった。オレのどきどきする胸の音が、辺りに響くんじゃないかと思うくらいうるさく鳴っている。雲の合間にちらりと見えた影に大興奮して、ぐいぐいとよじ登ろうとしたところで、さらに上へ体が持ち上がった。

「グレイがぐちゃぐちゃになるだろうが。これから活躍してもらわないといけねえんだぞ？」

「活躍するのは私ではなく、領主様の役目です」

カロルス様は、執事さんの言葉は聞こえなかったふりをしてオレを肩に乗せた。

「カロルス様！　見て！　あれが飛竜船!?」

オレはそれどころじゃない。カロルス様の頭を抱え、ぐいっと上を向かせて空を指さした。

「おいっ……ああ、あれが軍の飛竜船だな。あいつ、ここに下りてくるつもりじゃねえか？」

「直接ですか!?　また乱暴なことを……。ナーラ様、どうぞこちらへ」

どうやら口ぶりからするに、２人は今回の使者を知っているらしい。

徐々に大きくなる飛竜船は、気球と飛行船を足して2で割ったような姿で、浮かぶ船を馬車のようにワイバーンが牽《ひ》いていた。船というより空飛ぶ馬車みたい。

ばさり、ばさり——。オレは片時も目を離さず、巨大な生き物が近づく様を見つめていた。

なんてカッコイイ……これはやっぱりドラゴンだよ。くすんだ灰色なのが残念だけど、羽ばたくのはまさにドラゴンの翼。重く硬そうな翼がしなやかに伸び縮みし、風を掴んで押しのけるように飛んでいる。翼を振り下ろすたびにぐいと首が伸び、長く細いしっぽが左右へ振れる。しっぽの先端にはうちわのようなひれがついていた。生き物だ……本当に生きている生き物だ。

オレは無性に感動して、ぎゅうっと金髪の頭を抱きしめた。何ひとつ見逃すまいと瞳を見開く中、風船みたいな屋根が徐々に小さくなり、ロクサレン家の庭先に飛竜船が着陸した。

「うわあ……」

「寄るなよ、口輪はついていないからな」

特に警戒した様子もなく、ワイバーンは任務完了とばかりに翼を畳むと、喉の奥でコッコッコ、と鳴いて腰を落ち着けた。大きい……オレの何倍？　象くらい……いや、首が長いからキリンくらいのサイズだろうか。ただ、もっと逞しいけれど。駆け寄っていかないようにガッチリとカロルス様に捕まえられたまま、オレはきらきらした瞳でワイバーンを見つめた。

すっかりワイバーンに夢中になっていた時、飛竜船の扉が派手な音を立てて開いた。ぶっとい指が外枠を掴むと、窮屈そうに大きな体を押し出していく。

「ふーっ、腰が痛え。おう、久しいな！　お前、王都に顔を出さないにもほどがあるぞ！」

出てきたのは、悪者《わるもの》だった。カロルス様よりさらに一回り大きそうな筋骨隆々としたスキンヘッドに眼帯《がんたい》の大男。どう見ても犯罪者な厳《いか》つい男に、思わずぽかんと口を開けた。

「お前、人ん家《ち》の庭に飛竜船を下ろす奴があるか！　あと、王都にゃ行かねえっつったろ」

オレを肩に乗せたまま歩み寄ったカロルス様が、大男とガッチリ握手を交わした。お互いの笑顔が大変暑苦しくて、挟まれたオレはホットサンドになりそう。

「お前のとこにちびっこいのがいるって聞いたからな、近くで見てえだろうと思ってなぁ！」

周囲にいる兵士さんらしき人が、必死に『まずはご挨拶を……』とかなんとか言って纏わりついているところを見るに、大音量で笑うこの大男が国のお偉いさんだろうか。

「ガウロ様、お久しゅうございます。お互いが揃いましたところで、まずはどうぞ館内へ」

「おう、グレイは相変わらずピリッとしてやがる。おお冷てえ」

にっこりと冷気漂う執事さんに、周囲の兵士さんが尊敬の眼差しを送った。

「ねえ、カロルス様と使者様は知り合いなの？」

「『様』だなんて似合わねえ！　こいつは昔なじみだよ。今は近衛《このえ》歩兵の副隊長……だったか？」

やっぱりこの人が使者らしい。ちょっと使者には不向きじゃないかと思うんだけど、今回ば

かりはそうも言ってられなかったんだろうか。

「——ほう、あなたがいわゆる……」

「ええ、不死者、ヴァンパイア、と呼ばれてきた種族ですわ」

応接室でお互いの紹介を済ませたところで、国からの使者様、ガウロ様が興味深げに身を乗り出した。凶相の大男に距離を詰められたナーラさんは、艶然《えんぜん》と微笑んでみせた。

「なるほど、美しいレディ、こうして見ると我らと同じヒトであると思えますな。少なくとも魔物ではない」

「そうですね。あなた方とは違いますが、広義のヒトには当てはまると思っておりますよ」

ガウロ様はそれなりにきちんと話ができるようで、そういうところはカロルス様とは違う。

それに、興味は持っているけれど、ヴァンパイアに嫌悪感や偏見を持っていないように思った。

「あなた方が我らを襲う場合は何が考えられますかな？　食事とは関係ないと伺いましたが」

「それは……私には分かりかねますが、ヒトと同じではないでしょうか？　私どもにも色々な者がおります。ヒトに悪漢がいるように、残念ながら我らにもそのような者がいることでしょう。虐《しいた》げられているなら、なおのこと」

そういえば、ラピスは大丈夫だよね⁉　ハッと視線をやって、思わず二度見した。

「……ラピス？」

その小さな群青の瞳は、きらきらと星を浮かべて輝き、まるでアイドルを見つめるファンのよう。気付けば方々から覗く管狐の影。それぞれのつぶらな瞳が見つめているのは……。

「はっはっは、然《しか》り！　あなたは理性的だ。襲うのは我らの方がずっと多いでしょうに！」

鈍く頭を光らせて膝を叩いた屈強な大男……？　な、なぜ？　どうしてみんながお気に入りにしているのか分からないけれど、ひとまず騒動にはならなそうだとホッと胸を撫で下ろした。

応接室では談話のあと、何やら書類を交わし、今後の予定について双方の擦《す》り合わせが行われている。心配無用の雰囲気に拍子抜けしたと同時に、小難しい話にまぶたが下がりそうだ。

「ユータちゃん、遊んできていいのよ？」

エリーシャ様が気遣うように髪を梳いた。華奢な指がするりと滑るのが心地いい。

「はっはっは！　待っていな、あとで飛竜船を見せてやろうな」

「本当!?　やったぁ！　お願いします！」

眠気も吹っ飛ぶ満面の笑みで見上げると、悪者の顔でガウロ様が笑った。どしっとオレの頭に置かれた手は、随分重くて足が沈みそう。顔と体は悪者だけど、まるで親戚のおじさんみたいで、きっと中身はいい人だ。でもオレ、ここを離れてもいいだろうか。ナーラさんに視線をやると、大丈夫ですよ、と微かに微笑んでくれた。

「ユータ様、あまり近づきすぎてはいけません！」

くそぅ……一目散に飛竜船に向かったのに、先手を打たれていた。マリーさんはワイバーンを背に、腰に手を当てて「メッ！」としている。その位置だとむしろマリーさんが襲われそうだけれど、当のワイバーンはもそもそと尻と翼でいざって可能な限り離れようとしていた。これが危険な生き物だって分かるんだね……せっかく休憩していたのにごめんよ。ワイバーンの非常に迷惑そうな視線を受けて、オレは手を引かれるまま、渋々その場を離れた。

さて何をしようかと厨房に顔を出した途端、まんまと捕獲された。当然のように割り振られる作業は、こなせばこなすほど業務量が増えていく。これが世に言うブラック企業……！ジフたちが張り切るから、厨房はまさに戦場だ。どんどん追加される作業に、オレも次々ラピス部隊を投入する。もう怒号と管狐が飛び交う大騒ぎだ。

『仕方ないわねぇ、汚れ物は私に任せて！』

『スオー、手伝う』

汚れた食器類をモモが取り込んで汚れを落とし、こだわり派の蘇芳がピカピカに洗い上げる。これはなかなかいいコンビだ。蘇芳のしっぽが油まみれなのはあとでなんとかしよう。

「つ、疲れた……」

嵐の一時が過ぎ去り、一応の落ち着きを取り戻した厨房と、やっと自分のしっぽの惨状に気付いた蘇芳。オレは呆然とする蘇芳を抱えて、今だとばかりに退散した。自室に戻ってほっと一息吐くと、蘇芳を膝に乗せ、たらいにお湯を張ってもみ洗い開始だ。

『いい。スオー、自分でできる』

どうやらもみ洗いはお気に召さなかったらしい。小さな手で丁寧に丁寧に洗われるしっぽに、これは時間がかかりそうだと苦笑した。

『きたよー！』『こわいのがいるー』『ひさしぶりー？』

開いた窓から賑やかな声が響き、くるくると舞う花びらのように光が3つ飛び込んできた。

「わ！　妖精さん、こっちで会うのは久しぶりだね！」

たまに秘密基地で会うのだけど、その分このお部屋で会う機会はめっきり減っていた。

『今日は使者が来ると聞いたでな』

「チル爺！　うん、まだお話ししているよ？　見た目は怖いけど、いい人みたいだったよ」

ちょっと妖精トリオには刺激の強い見た目かもしれないけど。

「ねえチル爺、エルベル様たち、一緒に街を歩いたりできるようになるかな」

『ワシらからすると、一体ヴァンパイア族とお主たちの何が違うんじゃと言いたいがのう』

うん、色が違うだけだよね。それなら森人だってエルフの人だって、小人族だって、みんな違うもんね。だからきっと、エルベル様たちも受け入れられるはず。

「そうしたら、一緒に冒険したり、お買い物したり……楽しそうだね！　エルベル様は例え何色だってカッコイイから目立つだろうな！」

無駄にキラキラしてるから、薬草採りやお掃除の依頼なんて不釣り合いすぎるね。つい、きらびやかな衣装でモップをかける姿を想像してくすくすと笑った。

『お忘れのようだけど彼は王様よ？　そうそう街に繰り出したりできるご身分じゃないわよ』

そ、そっか。お城の人がみんな気安いから忘れがちだけど、本物の王様だもんね……。

『ヴァンパイアのおうさま！』『みたーい！』『どんなの⁉』

妖精トリオが瞳を輝かせた。エルベル様は妖精が見えるだろうか？　いつか紹介できたらいいね。オレはせがまれるままに、エルベル様のこと、最近の冒険のことを語って聞かせた。

聞き上手な妖精トリオとすっかり話し込んでいた時、くいくいと袖を引かれた。視線を下げると、どうやら今までずっとしっぽを洗っていたらしい蘇芳が大きな瞳でオレを見上げていた。

桶の中で揺れるしっぽは、水中でふんわり広がってすっかり元通りだ。

「終わった？　きれいになったね！」

『スオー、洗うの上手』

むふっと満足げに鼻息を漏らした蘇芳をドライヤー魔法で乾かすと、ついでにブラシもかけておく。心地よさそうな様子に、妖精トリオがブラッシングに興味津々だ。

『ねえ、妖精さん、ぼくもブラシをかけてほしいな』

オレの視線を受けてにこっとしたシロがベッドに横になり、妖精さんたちが歓声を上げて群がった。妖精さんたちにも使えそうな小さい子用のブラシは1つしかないから、順番ね。くすぐったそうにクスクスしながら、シロは辛抱強くじっとしている。なぜかチル爺までが順番に並んで、そわそわと自分の髭を撫でていた。

と、ノックに振り返ると少し疲れた顔のセデス兄さんが入ってきた。

「ユータ、話が一段落ついたみたいだよ」

「ホント!?　飛竜船見に行ってもいい!?」

「はは、ガウロ様も体を伸ばしてくるって……あ、いけない。ユータ、急いで訓練場に行って伝えてくれない？　使者はガウロ様で、話し合いが終わったと言えば分かるから」

どうして訓練場に？　意味は分からないけど、ひとまず伝言を済ませて飛竜船だ。オレはお説教じみたセデス兄さんの声を置き去りに、シロに乗って窓から飛び出した。

『……ワシの番……』

セデス兄さんの声に混じって、チル爺の微かな声が聞こえた気がした。

「お、ユータ様！　訓練か？」

今日も熱気溢れる訓練場へと駆け込むと、兵士さんも慣れたもので、敬語なんだか砕けてるんだか中途半端な台詞でにかっと笑った。

「ううん！　これからワイバーンを見に行くの。あのね、セデス兄さんから伝言だよ」

どれ、とオレを抱き上げた兵士さんが、伝言を聞くなりみるみる表情を変えた。

「なにっ⁉　まずい！　おいっ、アルプロイさんはどこだ！」

にわかに色めき立つ訓練場内に、硬い腕の中で首を傾げた。一体何事？　でも、ひとまずオレはワイバーンを見に行くので下ろしてほしい。

「はっはっは！　おう、諸君ッ！　気合い入ってるか！　サボってんじゃねえだろうなあ！」

ビリビリと響き渡る大声に、駆け回っていた兵士さんがビクリと跳ねた。

「あれ？　ガウロ様、どうしてここに？」

小さく呟くと、兵士さんの腕が怯《おび》えたようにきゅっと締まった。ぐふっ……肺がぺちゃんこになって、硬い体に押し潰されそう。

「ガウロ様、お久しぶりにございます。このようなむさ苦しい場所にご足労いただくとは……」

「俺の居場所は本来こっちだからなぁ！　いやぁ、ああいう場は堅苦しくて肩が凝るのなんの！　よし、俺が直々に見てやらぁ、おらっ、集合ッ！」

いつも冷静沈着なアルプロイさんも、ぐいぐい来るガウロ様にたじたじだ。どうやらガウロ様を知っているらしい。兵士さんたちはなぜか悲壮な顔で集合していく……俺を抱えたまま。

「ちょ、ちょっと、放して！　オレはワイバーンを……」

「冷たいこと言うなよ、ちょうどいい生けに……いや、道連れ……いや、そう、友だろ!?」

そ、そうだったかな……でも、ガウロ様がここにいるならワイバーンは見に行けないだろうし、王都の訓練を体験するのもいいかもしれない。オレは渋々兵士さんの中に混じった。


「――オラオラオラァッ！　ロクサレンの兵だろうッ、まだまだぁっ！」

やるんじゃなかった。これはアレだ……鬼教官。兵士さんたちは既に半泣きだ。それに混じっているオレだって泣きそうなんですけど!?　さすがにパワー系の訓練は同じようにできないけれど、それでもへろへろだ。ガウロ様が兵士の間を絶え間なく回っては鼓舞（？）しているので、一時も気が休まらない。なぜかごっつい大剣《たいけん》を担いでいて、威圧感が半端ない。

「よーし、よくやった！　休んだら次行くぞ！」

もはや返事をする余力もなく、みんなが地面に崩れ落ちた。あー、冷たい土が心地いい。

「ゆ、ユータ様まで参加される必要はないのでは……」

「タジルさん……オレもすごくそう思う。でももう抜けられないよぉ」

荒い息を吐いたタジルさんが隣に腰を下ろして、確かに、と困った顔で笑った。

「けれど、王都で有名なガウロ様に稽古《けいこ》をつけていただけるなんて、幸運なことですよ」

集合ッ!! の声に慌てて立ち上がりながら、オレはタジルさんを見上げた。

「そうなの？　有名なの？」

「有名ですよ、変わり者としても有名ですが……。彼の部隊は国一番ですからね、人を鍛えるエキスパートです。……この機会を活かさねば」

ぼっ！　と彼の静かな瞳に炎が宿った気がした。タジルさんは本当に強くなることに貪欲《どんよく》だ。垣間見える闘志にオレの体まで熱くなる気がした。

「タジルさん、カッコイイね」

素直に賛辞を送ると、一瞬固まったタジルさんが、ぼっ！　と今度は全身を真っ赤にした。


「「「……あ、あざーっした……」」」

一通りの訓練を終えたところで、訓練場内は死屍累々《ししるいるい》状態だ。元気なのはガウロ様のみ。

「よくついてきたな、褒めてやろう！　よしッ！　褒美《ほうび》だ、俺が実力を見てやろうッ！」

いいことを思いついたとにかっと笑った凶相に、兵士さんたちが素早く周囲に視線を走らせた。誰だ？　誰が犠牲になる……？　のしのしと近づいてくるガウロ様に、スッとみんなが気配を消して息を潜めたのが分かった。オレも素早く気配を殺して路傍《ろぼう》の石と化す。

なのに、横を通り過ぎるはずだった足がピタリと止まった。次の瞬間、むんずと掴んでぶら下げられて、オレは目の前の悪役ボス顔に顔を引きつらせた。

「ちっこいの！　お前よくついてきたな！　さすがカロルスの子だ。その実力はどんなもんだ？　この俺に……見せてみろッ！」

視界の端で、オレを巻き込んだ兵士さんがいい笑顔で親指を立てていた。

「回復のことは考えなくていいぞ、思いっ切りやれ。死なきゃそれでいい！」

それはまさかとは思うけど、ガウロ様の方にも適用されたりしないよね!?

「お、お願い、します……？」

闘技場に引っ張り出されたオレは、仕方なくぺこりと頭を下げた。

「――ユータ、お前何やってんだ？」

涼しげな風を纏って入ってきたのは、均整のとれたきれいなシルエット。カロルス様……来るならもう少し早く来てくれたらよかったのに……。

「よう、こいつ、俺に預けねえか？　実力はこれから測ってやるが、相当なんだろう？」

「おう、当然だ。うちの子だからな！　ユータ、こいつの部隊に入るのは名誉なことだが……」

ちらっと向けられたブルーの瞳が『どうしたい？』と聞いた。どうもこうもないよ！　ぶんぶんと思い切り首を振ったオレを見て、ガウロ様が残念そうに笑った。

「ふむ、まだ分からんか。まあいい、やる気がねえ奴を連れていっても仕方ねえからな！」

「ユータ、思い切りやっていいぞ。魔法だろうが何だろうがな」

「え、でも……」

「ほおぉ……お前、魔法も使えるのか」

にいっと口角を上げたガウロ様からぞくっとするような気配が漂い、オレは思わず縋るようにカロルス様を見上げた。

「おいおい、幼児相手に殺気を放つな。ユータ、そいつは元Aランクだ、できること全部やっていいぞ！　首さえ繋がってりゃ回復もできるだろ！」

「Aランク……！　分かった！」

それなら本当に遠慮はいらない。Aランクは人外だ。ガウロ様がそれでいいなら、その分厚い胸を借りよう。シャキ、と両の短剣を抜き放つと、ガウロ様もゆっくりと巨大な剣を構えた。

「いい顔だ。ははぁ、これは食いでがありそうだ」

実に嬉しそうににやぁっと笑った顔は、もはや悪者以外の何者でもなかった。

「……行くよっ！　ファイアッ！」

「来ぉおいッ!!」

地を蹴ったオレの前を、ごうっと火の塊が先行する。様子見のファイアは、こともなげに大剣で払われた。速い……ガウロ様は、なんと巨大な大剣を片手で振っていた。

「ファイア！」

「？　目くらましかっ？」

ううん、それだけじゃないよ！　近づくオレを警戒したのか、ガウロ様は再び放ったファイアを払わずさっと避けた。

「な……？」

そして、消えたオレの姿に一瞬目を見開いた。――今っ‼

ガキッ！　ガウロ様がぎりっと歯を鳴らして大剣を振り上げ、短剣の軌道に盾《たて》のように割り込ませた。じいんと痺《しび》れた手から、短剣を取り落としそうになる。炎の塊から飛び出したオレは、防がれたと見て素早く大剣を蹴って飛びすさった。

「いけると思ったのに……」

今のを防がれちゃ、もう油断はしてくれない。オレは体に残った氷を払い落として歯噛みした。タイプの違う魔法を同時に使うのは難しいらしい。しかもオレは幼児だもの、相手はどうしても油断する。だから、炎の中で氷を纏って潜めば不意をつけると思ったのに。

「はっ！　いいじゃねえか、いいじゃねえか！　そんな顔して、ガッツあるじゃねえかぁ！」

「ユータ……どこでそんな危ねえ技を覚えたんだ……」

心底嬉しそうに笑う悪者と、驚いた顔のカロルス様。これはね、ウリスから学んだ技だよ。高温のオーブンに飛び込んでケーキの焼き具合を確認する、職人技なんだ。

「さぁて……次はどうする？　これで終わりってこたぁ……ないだろうなぁッ!?」

ぐん、と吹きつける殺気が増して、ぎゅっと短剣を握る手に力が入った。ここで終わったらむしろひどい目に遭いそうだ……。

『主ぃ、どうする？　もう不意打ちは無理っぽいぞ』

「うん……どうしようか」

まともにやり合って一矢報いられるわけもなく、かといって成すすべもなく負けるのも悔しい。行動に移れずに膠着《こうちゃく》する状況に、悪者は、にやにやしながらオレの出方を待っていた。

「力は持ってんのになぁ！　経験がねえってのは……そういうこった！」

むしろ攻撃を仕掛けてくれたら動けるのに、なんて考えはお見通しらしい。一気に間合いを詰めてきた大男からは、仕方ねえな、なんて声が聞こえて、悔しさに体が熱くなった。

「どうらっ！」

唸りを上げる大剣は驚くほどに早いものの、神速のカロルス様には到底敵わない。受け流すには危険すぎる重量だけど、これならまだ、避けられる。

「ちまっこいなぁ！　当たる気がしねえ」

楽しそうに大剣を振る大男はそう言うけれど、オレにそこまで余裕はない。懐に飛び込めば、と思うのだけど、ガウロ様は右手一本で大剣を操っている。つまり左手が自由なわけで……。

『大剣を振って隙がないなんて、意味分かんないぜ！』

そう、絶対あれは罠《わな》だ。チュー助とオレの、第六感が言っている。振り抜いたあとの懐、さあ今飛び込めと言わんばかりのそこには左手がある。捕まえられたらそれで終わりだ。

じゃっ、と掠めた大剣が、服の装飾を剥《は》いでいった。叩き潰す目的で作られた大剣に切れ味はないに等しいけれど……オレ、当たったら死なない？　回復の余地はあるんだろうか？

慌てて飛びすさり、とんぼを切ってさらに距離を保った。ドキドキと早い鼓動を落ち着けて、キッと前を見つめる。呼吸を乱したオレと、余裕のガウロ様。悔しい……せめて、一太刀。出し惜しみしていられない。ガウロ様が距離を詰めないのを確認して、ブツブツと適当な文句を呟くと、ふわっと光を纏った。

『ぼく、頑張るよっ！』

光と共に飛び出したシロが、きりりと顔を引き締めて姿勢を低く身構えた。

「……なんだと？　召喚？　お前、それ……」

驚いた様子のガウロ様にちょっと胸のすく思いをしながら、すうっと息を吸い込んだ。

「召喚士ユータ、行くよっ！」

ヒュ、と白銀のラインがガウロ様まで繋がり、激しい衝突音を響かせた。

「チィ……！　やっぱりフェンリルかよ！」

『えへ、ばれちゃったね』

悪びれずに言って身を翻したシロに、オレの時よりずっと鋭い攻撃が繰り出された。

次、魔法使いユータ、参戦！　地面に手を着き、シロを援護する。

「うおおっ⁉　まだ魔力残ってんのか⁉」

ドドドッと音を立てて突き出した土の槍《やり》に、ガウロ様が初めて飛びのいた。

『ありがと！』

空を蹴って一気に反転したシロが、すぐさま追撃。オレもすかさず次の魔法を繰り出した。

「アイスバーン！」

路面凍結注意だよ！　すごく地味だけど、厄介な嫌がら……攻撃なんだから。

「こ、このっ！」

ガウロ様は咄嗟に大剣を床へ差し、杖にすると同時に重いシロの攻撃を受け止めた。

まだっ！　双短剣使いユータ、参戦！　雷撃と共に、オレ自身も突っ込んだ。

「こん……っの、やろうッ‼」

床へ差し込んでいた大剣を力任せに抜きざま、シロを吹っ飛ばして３６０度回転させるような勢いで振り抜かれる。目の前で雷撃が消滅し、スライディングしたオレの髪を掠めて大剣が通り過ぎた。——今っ！　アイスバーンを利用して素早く懐の中へ飛び上がる……！

『負けないっ』

風を纏ったシロが、同時に飛び込んだ。

「甘いわ！　ヒヨッコ！」

脅威と見たシロの攻撃を大剣で受け、オレの目の前には大きな左手が伸びていた。

『甘くない』

「はぁ⁉」

大きな手が掴んだのは、柔らかなブルーグリーンの被毛。左手をすり抜けたオレは、ハッと短い気合いと共に短剣を振った。刹那、オレとガウロ様の瞳が間近でかち合った。

ガッ‼　……じいん、と痺れた小さな手。オレの必殺の一撃は、蘇芳を掴んだまま、左手の篭手《こて》に受け止められた。凶相には一筋汗が流れ、ニヤッと口元が歪められる。

——ぼすっ！

声を発しようとした瞬間、軽い音と共にガウロ様がつんのめった。

『甘かったわね！』

絶妙な時間差で飛来したモモアタックが、見事ガウロ様の後頭部にヒットしていた。

「「──うおおお!!」」

一瞬の静寂のあと、どうっと野太い歓声が押し寄せて、思わず首をすくめた。そういえば、ここは闘技場。兵士さんたちがいるんだった。振り返った瞳に、沸き立つ兵士さんたちと、電線のスズメよろしく手すりにずらりと並んだラピスたちが飛び込んできた。

──素晴らしいの……さすがはユータなの……。

一様にふるふると震えて感涙せんばかりの様子。一体何がそんなに琴線《きんせん》に触れたのか……。

喜ぶシロに押し倒されて尻餅をつくと、みんなをいっぺんに抱きしめて笑った。

「大丈夫か？」

硬い腕に拾い上げられ、満足してほうっと息を吐いた。心配そうなブルーの瞳にふわっと笑うと、あちこちが痛くなってきた。気付けば、大剣が掠ったであろう傷が方々にできている。

「あはは、痛いね」

「嬉しそうな顔しやがって」

苦笑したカロルス様が、オレより嬉しそうな顔をして頬を摘まんだ。

「全く、なんだこのちびっ子は……危なっかしいが、本物だな」

フッと影が落ち、ガウロ様に真上から覗き込まれて、思わずカロルス様に身を寄せた。

「怖がってるぞ、離れろ」

「なんで俺を怖がる！　お前、さっきまで本気でぶちのめそうとしてたじゃねえか！」

それはそうなんだけど。でも戦闘中は集中してるから。それに、頑張ったから今は甘えていい時間なの！　仏頂面で身を引いたガウロ様が、オレの頭に手を伸ばした。

「まさか一撃もらうとはな、俺もなまったか。ちびっ子、名前は？」

「オレ、ユータって言うの。でも、ガウロ様は剣技を使わなかった……」

手加減されていた。ほんの少しの不満顔で見上げると、ガウロ様が参ったな、と頭を掻いた。

「いーや、まあそりゃ加減はしたけどよ、俺は大した剣技使えねえのよ。お前が思うよりも全力だったぜ。こんな場所で『フルスイング』使えねぇしな」

ぐりぐりと頭を左右に揺られて、きょとんとした。Aランクなのに、剣技が使えないの？

「お前は俺と比べてるだろ？　ふふん、格がちげーんだよ」

にやっと笑ったカロルス様が、得意げに髪を掻き上げてみせた。

「ふん、言ってろ。まあ、俺がAランクだったのは総合力っつうか――」

ほわり、頭に置かれた大きな手から心地よい魔力が流れ、体が軽くなった気がした。あちこち血を滲《にじ》ませていた小さな傷がきれいさっぱりなくなり、お風呂のあとのように心地いい。

「ま、まさか……？　回、復……？」

「そうだ。俺ぁ回復術士が本業だな！　多分な！」

山のような大男は、大剣を担いではっはっはと笑った。

『うそだぁ……こんな回復術死……違った、回復術士がいてたまるか！』

チュー助が耳を塞いでいやいやしている。ああ、だから『回復のことは考えなくていい』だったのか。色々納得しつつ呆気に取られていると、カロルス様がわしわしと頭を撫でた。

「お前、強くなったな」

「……うん！」

満面の笑みで見上げると、カロルス様も微笑んだ。誇らしさと、ほんの少しの寂しさが覗いた笑みが切なくて、ぎゅうっと硬い胸板を抱きしめる。

「大丈夫、オレ、強くなって守ってあげるからね」

「ばーか、100年早いっつうの」

そっと力の込められた腕に、間近にブルーの瞳を覗き込んでにっこりと笑った。

「――ところでお前の召喚獣、おかしくねえか？　フェンリルいたよな？　一体何匹出てくんだよ。それも、あんな突然現れるなんて反則もいいとこだ。魔力量もおかしいだろ！」

不満げな顔をぐいと近づけたガウロ様に、にっこりと笑ってみせた。

「冒険者だから！　企業ひみつだよ！」

「……こいつ！」

伸ばされたぶっとい腕に、慌ててカロルス様の脇の下に潜り込んだ。納得いかない顔で腕組みしたガウロ様を見上げて、ふと左腕が目に留まる。

「ガウロ様、手を出して」

「あん？」

オレからもサービスしよう。カロルス様と似ているからだろうか、ああは言ったけれど、この人には何がばれても大丈夫な気がした。

「あのね、傷、オレも治せるから！」

「傷ぅ？」

そんなもんあったか？　と後頭部を撫でたガウロ様に、くすっと笑って左手を取った。ほんの些細な傷だけど。オレの視線を追って篭手を見たガウロ様が、へえ、と眉を上げた。

「その短剣、なかなかいいモノじゃねえか。この篭手は安物じゃねえぞ」

『俺様を受けるとは大した篭手だ！』

チュー助がふんぞり返って篭手を褒めている。普段は忘れがちだけど、チュー助は名のある短剣だもんね。チュー助が当たった部分だけ、篭手はほんの少し切れていた。

大きな腕を両手で支えると、一応詠唱《えいしょう》っぽいものを呟いてみせる。回復って心地いいでしょう？　やってもらう機会ってあんまりないよね。オレはのけ反るように見上げて笑った。

「ひみつ、1つ目だね」

「こいつぁ……。なあ、お前はやっぱり俺のところへ来い」

真剣な顔をしてがしりと肩に手を置かれたけれど、オレにそんなつもりは毛頭ない。

「行かない」

蘇芳レベルの素っ気なさで首を振ると、大笑いするカロルス様にしがみついた。王都には行ってみたいけど、住みたくはない。のんびりスローライフの夢をみすみす捨ててなるものか。

「くっ、いいのか？　王都は面白いものがたくさんあるぞ？　ワイバーンだって見られるぞ」

「ワイバーン！　それは今から見に行くー！」

そうだ、大事なことを忘れるところだった。当初の目的を思い出し、一目散に駆け出した。

「ユータ！　1人で行くなって！」

「1人で見りゃいいじゃねえか、ワイバーンよりフェンリルの方が強いだろうが……」

慌てたカロルス様と、呆れたガウロ様の声が後ろの方で聞こえた。

「うわあ～！　大きい！　やっぱり硬いね！　これでもドラゴンじゃないのかあ」

「こんなもんドラゴンと比べりゃヒヨコだヒヨコ！」

ガウロ様にがっちりと首元を押さえられて、ワイバーンは至極迷惑そうだ。ごめんね、でももう少し！　触らせてもらった鱗は随分硬くて、大きな鱗だとオレの手のひらくらいあった。

「ドラゴンは、もっと硬いの？」

「そうでもねえ。多分アレだ、身体強化してんじゃねえか？　刃物が通らねえのよ」

なるほど！　マリーさんやエリーシャ様みたいな感じだね。それに比べるとワイバーンは鱗自体が硬いから、頑丈さは鱗の耐久度に依存するんだね。

ふと視線を感じて目をやると、そわそわしたジフが玄関先まで出てきていた。あ、そうだった！　美味しいお料理！　オレは両手にそれぞれ大男の指を掴んで、ぐいぐいと引っ張った。

「カロルス様、ガウロ様、おいしいお食事を用意してくれてるよ！　行こ！」

「おお、そんなに引っ張ると腕が抜けるぞ、柔くて簡単に引っこ抜けそうじゃねえか」

そっち!?　抜ける腕はオレの方なんだ。確かにその丸太みたいな腕は抜けそうにない。

「ここのお食事はとっても美味しいんだよ！　びっくりするから！」

「ほう、そりゃ楽しみだ。噂は聞いてるぜ？　流行りのカニってやつもロクサレンからだろう？」

「そう！　フライもそうなんだよ。ちゃんと用意してあるからね！」

ともすればオレの足が浮き上がりそうな2人と手を繋ぎ、にこにこと館へ急いだ。

「……ちなみにそれ、全部お前の手柄だけどな」

じっとりとこちらを見るカロルス様の視線には気付かないふりをして。


「美味い……実に、実に美味い……!!」

「本当に。私だけよい思いをして帰ったら、エルベル様に怒られてしまいますね」

ジフが腕によりをかけて用意したたくさんの料理は、お好きなものをお好きなだけ、自由なロクサレンを象徴するブッフェ形式だ。てっきりがつがつ頬ばるのだろうと思っていたのに、使者様モードに戻ったガウロ様は、不釣り合いなほど上品にカトラリーを操った。ただ、フォークがあまりに小さく見えて、まるでケーキフォークみたい。

「カニは王都で食したことがあったが、ここでいただく方が美味いように思うな」

「そうでしょう、活きがいいものですから」

エリーシャ様が、こう言うので合ってるんでしょう？　とちらりとオレに目配せする。王都でもそんなに有名になってるんだね。美食の村、ロクサレンって平和でいい響きだね。

「見た目も美しくて、こんなに美味しい。ヒトの国との交流が楽しみになりますね」

ナーラさんはスリムなのに意外なほど、ガウロ様は大きな体に見合った量をたっぷりと。嬉しそうに料理を頬ばった2人の顔は、何よりも雄弁に美味しさを物語っていた。

「――ナーラさん、もう帰っちゃうの？」

楽しいお食事が終わり、では、と切り出したナーラさんたちに、ちょっと眉を下げた。

「ええ、思わぬ長居をしてしまいましたが、エルベル様もやきもきしていることでしょう。ユータ様、またお城に遊びに来てくださいね」

ナーラさんが楽しそうに笑って、するりとオレの頬を撫でた。少し重荷が下ろせたのだろうか。いつもの少し寂しげな雰囲気が和らいでいて、オレも嬉しくなった。

見送るオレたちに上品に微笑むと、ヴァンパイア側の使者たちは霧となって消えた。

「ふう、腹が辛いな。さて、俺もそろそろ帰るか」

「おう、帰れ帰れ！」

ガウロ様はヴァンパイア側がいなくなった途端にだらけ……砕けた調子になった。

「お前、王都に顔を出せよ？」

「お断りだな。……あと、さりげなくユータをカバンに詰めるな」

無造作に助け出されてぷはっと息を吐いた。ああ、びっくりした。とんでもない悪者だ。

名残惜しく飛竜船を眺めつつ、オレたちはガウロ様ご一行を見送りに出た。

「――じゃあな、俺たちは帰るが、何かあったら知らせを寄越せ」

さりげなく背中に添えられた手に、きょとんと巨体を見上げた。自然な動作で飛竜船に誘われ、もう一度ガウロ様を見上げる。これ、乗ってもいいの？

「待て待て待て！　人ん家の子を攫っていこうとするな！」

「チッ……」

あ、危ない。オレ、さりげなく誘拐《ゆうかい》されちゃう……飛竜船には乗ってみたかったけど。

「わあぁ……飛んだ!!」

もう攫われないよう、オレはエリーシャ様の腕にがっちりと守られて、飛び立つ飛竜船を見送った。ワイバーンが力強く羽ばたくと、重たい絨毯《じゅうたん》を振り回すような音がした。分厚い翼がしなやかに上下するたび、塊になった風がこちらへ押し寄せてくる。とても飛べそうにない巨体は、たったそれだけの羽ばたきで嘘のように浮き上がった。あんな大きな体で、本当に飛べるんだ！　明らかに翼の力だけではないのだろう、ほんのりと魔力を感じた。

「またなぁ！　王都に来たら俺を訪ねろよ！」

ワイバーンまで別れを告げるように喉を鳴らして、オレも大きく両手を振った。

「ばいばーい！　またね！」

王都に行ったら、こんな大きな生き物が空を行き交っていたりするんだろうか。きっと、様々な技術や芸術なんかも素晴らしいんだろうな。ここらでは見かけない飛竜船の丁寧な細工や技巧に、まだ見ぬ王都に思いを馳せて頬をほころばせた。

「ねえ、王都に住むのは嫌だけど、いつか行ってみたいなぁ」

「俺は行きたかねえが、お前にも王都を見せてやろうとは思ってるぞ」

心底嫌そうにため息を吐いたカロルス様に、エリーシャ様が少し驚いた顔をした。

「まあ、やっと行く気になったのね。これは気が変わらないうちに手配しなきゃ！」

ぱちんとウインクすると、グッジョブよ！　とオレに向かって親指を立てる。

「な、いや、まだ決めたわけじゃ……ほら、村の方も無防備になったらいけねえだろ？　もう少しゆっくりと長期的な計画を立てて……」

「カロルス様、こちらの心配はいりません。久々の王都は随分様変わりしておりますよ、しばらく滞在なさって下さい」

優しい言葉でにっこり微笑んだ執事さんからは、相変わらず冷気が漂っていた。

「じゃあ、僕が王都を案内してあげようか。楽しいよ、貴族学校も見に行くかい？」

「本当？　行きたい！」

じゃあ、次の旅行は王都だね!?　しばらく滞在って、どのくらいだろう？

わくわくしてきたオレの隣で、カロルス様だけがどんよりと肩を落としていた。

8章　めぐりゆくお礼

「えーっ！　ユータ王都に行くのか⁉　ちぇ、王都なら俺だって案内できんだぜ？」

「いいな～！　王都なら、最高峰の技術が集まってるんだろうね～」

そういえばタクトとエリちゃんは王都から来たんだっけ。王都まで行こうと思ったらかなりの遠出になるので、一般の人が気軽に行き来できる距離ではない。それなら、タクトも一緒に行けたらいいのになあ。ラキだって、王都ではオレよりずっと学ぶものがあるだろう。

「ねえタクト、僕たちも追いかけていこうか～？　自腹になるけどね～」

「行こうぜ！　でも金、足りるか？」

「王都で生活する分が心細いけど、向こうで稼ぐし旅費くらいなら～」

一般的な平民の長距離移動っていうのはそういうことになるんだね。着いた先で帰りの路銀を貯めるのか。でも、滞在は思ったより長期みたいだし、そんなに長く学校を休めるのかな。

「いいよぉ。必要な課題をクリアしたらオッケーオッケー！　ご家庭の事情でそういうこともあるからぁ、帰ってからまた課題をクリアしたら進級もできるよ！」

メリーメリー先生は呆気ないくらい軽くそう言った。様々な事情で長期に学校に来られなくなるのは、そう珍しいことでもないらしい。ただ、そのあと無事に進級できるかどうかは別問題だけれど。視線の集まったタクトは、居心地悪そうに小さくなった。

「どう？　２人分の旅費、足りそう？」

オレたちは秘密基地でパーティ貯金を前に、額を付き合わせていた。

「足りるかどうかで言うと～、……問題なく足りる～」

ホッと安堵して顔を上げると、ラキとタクトはまだ難しい顔をしていた。

「どうしたの？　旅費に足りるならいいんでしょう？　生活費はまた稼ぐとして」

「そうじゃねえって。これ、パーティの貯金だろ？　３人で貯めた金だ」

「そうだね～。ユータは使わないのに、僕たちだけで使ってしまうのはどうかと思うよ～」

ええ⁉　そんなことどうでもいいよ！　必要なら使う、でいいんじゃないの？　オレ、そんなことより、２人が一緒に来られなくなる方が嫌なんだけど！

「稼ぐしかねえぜ！　今から！」

「そうだけど～。僕は当てがあるけどタクトはどうやって稼ぐの～？」

ラキは加工師としての稼ぎもある。ウッと詰まったタクトに、身を乗り出した。

「じゃあオレも手伝うよ！　オレも稼ぐ！」

「それじゃ本末転倒だっての……」

もう！　頑固《がんこ》なんだから。オレが一緒に行きたくて稼ぐのに、なんの不都合があるって言うの。２人とも受ける授業数が多いから、時間のあるオレが稼ぐのが一番手っ取り早いのに。

しばらく押し問答の末、ついに２人が折れた。

「仕方ないね～稼がないといけないのは事実だし～。僕たちは今から稼げるだけ稼いで、足りない分はパーティ資金から借りようか～」

「おう……。仕方ねえ。あー悪ぃ……俺も手っ取り早く稼ぎてえ！」

絶対借りることになるだろうタクトが、悔しげにテーブルに伏せた。そんな簡単に稼げたら誰も苦労しないと思うよ？　ひとつ苦笑して、ぽんぽんとその頭を撫でる。

『でも主は割と簡単に稼ぐもんな！』

そ……うかもしれないけど！　オレは時間があるし、１人であって１人じゃないもの。

「……なあ、じゃあお前、俺になんか頼め。なんでもいいぜ？」

撫でた手の下から、ちらりと俺を見る。頼めって……お願いしたいことってあるかなぁ。

「…………何もねえのかよ！」

ああ、拗《す》ねてしまった。そんなこと言われても、咄嗟には――あ。

「な、なんだよ？」

オレが浮かべたとびきりの笑みに、何かを察したタクトが顔を引きつらせた。

「違う、こうじゃねえ……こうじゃねえんだ！　なんでこんなことに……」

山積みの勉強課題を前に、タクトが既に半泣きになっている。

「オレのお願い、なんでも聞いてくれるんでしょう？　頑張ってね！」

そんな約束だったかと首を捻るタクトに手を振って、オレは元気にギルドへ向かった。

さあ、タクトの代わりに稼ぐとしよう！　これこそ本末転倒甚《はなは》だしいとこっそり笑う。ラキのぬるい視線が気になるけど、そんな提案したのはオレじゃないし！

「――とはいえ、稼ぎのいい依頼なんてそうそうないよねえ」

ラキは時間の許す限り加工師の仕事を受けるみたいだ。オレも白犬の配達屋さんをやるけれど、他にもっと割のいい方法がないだろうか。ため息を吐いてギルドのテーブルに顎を乗せた。

「あーあ、何か短時間で稼ぎがいいお仕事ってない――」

加工依頼を選別していたラキが、ぎょっとしてオレの口を塞いだ。な、なに!?

「なーんーでーすってぇーー？」

ズダダダッと音を立てて、低い声が近づいてきた。突如現れた旋風《せんぷう》がオレを持ち上げる。

「天使ちゃ～ん！　短期高収入、あるわよっ!?」

息を切らしつつ一息に言い切ったのは、サブギルドマスター。自慢のロングヘアを振り乱した外見上美女は、きらきら……いや、ぎらぎらした瞳でオレを見つめていた。ジョージさん、一体どこから聞きつけて……？　まあいいや、それより高収入依頼についてだ。

「本当？　それってどんな――」

「間に合ってます～！」

え、と思う間もなくラキの腕に抱えられ、一目散にギルドから連れ出された。ラキ、意外と素早く動けるんだな。走り去るオレたちの背中を、恨めしげな声が追いかけた。

「ま、待ってぇ！　1日、1日でいいから！　そう、何もやましいことはないからぁーー！」

「サブ！　逃がしませんよ！　あなたがいないとギルドが回りませんからね！」

「お前、自分だけ逃げようったってそうはいくか！」

さすがギルド員さん、捕獲に慣れている。こんな時だけギルドマスターまで……。任せられる仕事は絶対に他人に押しつけるという、確固たる意思を感じる。

「ねえ、どうして逃げたの？　別にジョージさんのところで1日お手伝いしてもよくない？」

オレ、結構役に立つよ？　カロルス様の計算のお手伝いはよくやってるし、家事も一通りこなせるから。肩叩きも上手だし、なんなら回復魔法で疲れ知らずだよ！　元気の出るおやつも作るし、高収入に見合った働きができるんじゃないだろうか。

「……ユータ。ひとまず、人前で稼ぎがいい仕事が欲しいとか、そういうこと言っちゃダメ～」

……なぜ。とは思うものの、ラキの笑顔の圧に負けて渋々頷いた。

「だけど、オレだって割のいい仕事をしたいなって思うんだけど」

「だからユータが稼ぐ必要はないんだって～。だけど、放っておくとマズそうだし～」

ラキはしばし顎に手を当てて考えると、オレに耳打ちした。

＊＊＊＊＊

玄関ベルの鳴る音に、アンは掃除の手を止めた。そういえば近々届け物をすると言われていたことを思い出す。エプロンで手を拭きつつ扉を開け――。

「きゃっ！　…………ええと？」

思わず小さく悲鳴を上げたけれど、大きな犬は土埃《つちぼこり》を上げそうな勢いでしっぽを振って『にっこり』笑った。犬って、こんな嬉しそうに笑うんだと、アンはついつられて微笑んだ。

「大人しいのね。きれいなわんちゃん、どこの子かしら？　どうしたの？」

と、何やら犬の背中で桃色のボールが跳ね、ブルーグリーンの愛らしい生き物が体を起こした。あまり機嫌のよくなさそうな様子で、ひょいと『さようなら』と書かれた札を掲げる。

『ちょっと！　早いわよ、それは最後だったでしょ！』

『もう飽きた。モモがやればいい』

『スライムがやったらおかしいでしょ！』

アンはもふもふたちの戯《たわむ》れに首を傾げつつ、ふと札を持つ生き物の前掛けに目をとめた。

「白犬の配達屋……代理？　もしかして、荷物のお届け……でいいのかしら？」

確かに白い犬だし、その噂は聞いている。よく見れば、ソリのようなものを牽いていた。犬はフンフンと匂いを嗅ぐと、載《の》せられたたくさんの荷物から1つを示して1声鳴いた。

「ええと、これ……？　受け取っちゃっていいのかしら？」

自分は犬相手に何をやっているんだろう。荷物を手に、取っていってもいいものか逡巡《しゅんじゅん》するアンの目の前に、ぴょんと何かが飛び出してきた。

『やっぱり俺様がいなきゃな！　お届け物だぞ！　ありがたく受け取るんだな！』

「きゃーっ！　ね、ネズミ！」

荷物を取り落として尻餅をついたアンに、ネズミが打ちひしがれた。

『俺様……役に立つ素敵な短剣の精なのに……お話だってできるのに……』

『おやぶ、たらの《ただ》ネズミやないの、らいじょうぶよ。しゅてきよ』

動くぬいぐるみによしよしと撫でられ、服を着たネズミが変なポーズで復活した。

『そう、俺様は唯一話ができる頼れる男！　奥さん、ここにサインを』

犬が背負った小さなバッグから、何やら書類を取り出して差し出してくる。すっかり動転してしまったけれど、どうやら冒険者の使い魔や精霊の類《たぐ》いらしいと震える手でサインする。

「ええと、これでいいのかしら。その、ありがとう……？」

誰に向かって言えばいいのやら。犬は困惑したままのアンにもう一度にっこり笑う。背中では、投げやりに『こんにちは』の札が掲げられた。桃色のふわふわが小さな体で必死にもう1つ『ありがとうございました』の札を持ち上げている。随分芸達者なスライムだ。

冒険者の従魔や使い魔ってなんて便利なんだろう。アンは呆然としたまま手を振った。

『さ、次だ次――！　行くぜシロ！』

『蘇芳、寝ちゃダメよ！　まだ半分も残ってるんだから！』

『スオー、もういい』

シロは賑やかな一行を乗せ、楽しく走りながら思った。ぼくが街の人とお話ししてもよければ、これって1人でこなせるんじゃないかな、なんて。

＊＊＊＊＊

森の深部で、冒険者一行は重い足を引きずって歩いていた。仕留めた獲物は大きかったが、支払った代償はもっと大きかった。深追いしなければ、そもそも森に入らなければ。今さら考えても詮《せん》なきことばかり、浮かんでは消えていく。

「……休もう。どうせこの状態で今日中に森は抜けられない」

ジョナスが言うやいなや、3人はくずおれるように座り込んだ。言葉もない様子に、疲労と怪我の状態がよくないらしいと彼は表情を暗くする。抱えるように支えていたもう1人を木にもたせかけると、荒い呼吸の合間に謝罪の言葉が漏れた。

「一か八か、ここで野営しよう。上手くいけば、明日にはもう少し動けるはずだ」

「だが、お前は動けるだろう？　なら……」

座り込んだ1人が、紡ぎかけた言葉を呑み込んで俯いた。怪我の軽いジョナス1人なら、きっと夜には森の浅い場所まで出られるはずだ。けれど、その言葉を声に出す勇気が出なかった。

「……置いてはいかないさ。お前たちじゃ、野営の準備もままならないだろ？」

1人で森を歩いたって危険なことには変わりない。ジョナスは胸元のお守りを握りしめ、そううそぶいて自分を誤魔化した。そう、きっと天使様だって最期まで見守ってくれる。

残り少ない水で喉を潤し、疲れた体に鞭《むち》打って野営の準備を始めた、その時。

ちょんちょん、と遠慮がちに服を引かれ、ジョナスは思わず飛び上がった。

「あ、あの、ビックリさせてごめんなさい」

耳慣れないまろやかな声に、慌てて彷徨った視線が足下へ移動する。果たしてそこにいたのは、困ったように眉尻を下げた幼子《おさなご》の姿。ジョナスは深呼吸して瞬いて、もう一度目を擦った。

「……おばけじゃないよ、ちゃんとここにいるよ」

動揺した姿がおかしかったのか、幼子はバラ色の頬でくすくすと笑った。這《は》い寄っていた死の気配が、胸につかえた重い淀みが、まるで日に当てられた氷のように溶けていく。

「き、君は……？　魔物じゃないな、幻術の類いでもなさそうだが……」

もしや自分はなんらかの術中に嵌《は》まったのかと振り返ってみれば、座り込んだ仲間もぽかんと口を開けて幼子を見つめていた。少なくとも、自分だけに見える類いのモノではないらしい。

「オレは冒険者だよ！　それで、あの……もしかしてお困りかなって。もし、もしよければの話なんだけど……これ――」

おずおずと差し出された紙には『料金表』と書かれていた。

＊＊＊＊

「あ、あの、お金は後日ギルドに渡していただいても……」

つけ足した台詞は尻すぼみになって消えた。や、やっぱりこんな時にお金を取るなんて、よくないよね。料金表を眺めて無言になった冒険者さんに、居心地悪く小さくなった。

「……出張回復屋さん？　……1人銀貨3枚？」

「う、うん。出張費込みで……」

ギルドでの回復屋さんは、怪我の程度によって値段が変わっていた。だけど、冒険中にわざわざお金を払って回復しようとするなら、それはすり傷みたいな軽傷ってことはないだろう。だから一律同じお値段。だって、オレは傷の程度で値段を決めたりできないもの。

「その、やっぱり高かった……？」

本当はラキに金貨1枚って言われていたんだ。だけど、さすがにそれはやりすぎだと思う。だって上級回復薬が買えちゃう。選択肢のあまりない冒険中に足下を見ているようで、散々に渋ってここまで値下げした。これでもギルドでの回復よりお高いんじゃないかな？

「そ、そうだ！　お1人サービスするね！　初めてのお客さんだから」

いいことを思いついたと微笑むと、気になっていた1人に駆け寄った。もし回復屋さんを断られたら、この人は森を出るまできっともたない。だから、勝手に治してしまおう。

「き、君、何を――」

「サービスだから、大丈夫！」

もっともらしい呪文をブツブツと呟いて、もう意識のないだろう冒険者さんを光で包み込む。

間に合ってよかった……うっすらと開いた瞳を覗き込み、安堵して微笑んだ。

やや呆然とオレを見つめていた元怪我人さんが、ゆっくりと立ち上がる。

「よく、あの怪我で歩けたね。もう治したから大丈夫だよ」

「そ、そんな、嘘だろう？　あの怪我が一瞬で……？」

料金表を持ったまま、先の冒険者さんが胸元のペンダントを握りしめた。

「あ、これはサービスだから大丈夫、無料だよ！　あ、あの、他の人はどうする？」

そういえばこれ、断られちゃったらどうしたらいいんだろう。回復せずに立ち去るなんて寝覚めが悪すぎるんだけど。割と命に直結しそうな状況に、オレは困って彼を見上げた。

「……ぎ、ぎんか、さんまい……？」

軋むような動きで、冒険者さんたちがオレを見た。食い入るような視線に身をすくめる。

「「──頼むっ!!　金貨何枚でも払うからっ！」」

絶叫するような懇願《こんがん》。そんなに切羽詰まってた!?　オレは慌てて全員に回復を施して思った。

ラキの言う通りだった、きっとみんな全財産でも払うからって。

「──あの、これ多いよ？」

オレは渡された小袋を覗き込んで困惑した。これ、どう見ても銀貨数十枚入っている。野営を取りやめたらしい一行について歩きながら、元怪我人さん――ゼノさんを見上げた。

「あぁ？　お前は馬鹿か⁉　命がこれっぽっちで買えるっつうのかぁ⁉　でも今持ち合わせがそのくらいしかねえんだよ！　悪かったなあ！」

どうして怒ってるの？　ぐったりしていた時が嘘のように、割と言動が乱暴な人だ。さっきなんてせっかく作った料金表を見るなり破かれそうになって、慌てて取り返した。

「こんな危険な場所で回復なんて、正気じゃねえ！　馬鹿か！　そんなはした金で……」

「その馬鹿のお陰であんた助かったんでしょ？　言い方！」

馬鹿馬鹿言われてすっかりむくれたオレを撫で、シシリアさんが苦笑してたしなめた。シシリアさんたち座り込んでいた3人も、怪我ついでに点滴魔法も施してすっかり元気だ。

「だから余計に腹立ってんだよ！　ガキの命で俺が助かるなんて、そんな話あるかよ！」

オレ、別に命を賭けたつもりはないけど……。それに、そんなに怒るならオレから離れたらいいのに、ゼノさんはぴたりとオレに付き添って、離れると怒られる。

「あの、どうしてオレの側にいるの？　オレ、まだお仕事が……」

「ああ⁉　不満かよ？　俺が一番強いんだよ、仕方ねえだろ！　仕事だぁ？　行かせるかよ！」

もしかして、守ってくれてるの？　確かに今はシロやモモもいないし、チュー助だって離れているけど、ラピス部隊はいるんだよ。一帯を更地にするだけならお手のものだ。

「で、でも、お金を稼ぎたいんだけど……それにオレ、割と戦えるよ」

ああ、そうか。今回は回復術士として来ているから、戦闘能力はないと見做《みな》されてるんだ。ガウロ様みたいに特殊な人はそうそういない。

「金なら帰ったら俺がたんまり渡してやらあ！　足りねえなら街中で稼ぎやがれ！」

「でも、ゼノさんはサービスだから無料――」

ぎろりと睨まれて口をつぐんだ。こ、困った……まだ出張回復屋さん1件目なのに、連れ帰られちゃう。配達屋さんチームより稼ぐぞと思って来たのに、これじゃ格好がつかない。

オレたちはラキの提案で、効率よく稼ぐために召喚獣チームとオレに分かれて働くことにしたんだ。オレの方は街から離れた大きな森へやってきている。ここならきっと回復屋さんの出番も多かろうと思ったんだけど、初《しょ》っ端《ぱな》にこれとは、やはり蘇芳がいないせいだろうか。

「ところでユータくん、だったか、君はどうやってここまで？　どうして1人でここに？」

ジョナスさんの声に、みんなの視線が集まった。フェアリーサークルで、とは言えない。

「お、送ってもらったの。じゃあね、オレも冒険者だし、戦えるから大丈――」

「大丈夫なわけねえだろ！　誰だよお前を放って帰った奴は！」

手を振って回れ右しようとして、ゼノさんに首根っこを捕まえられた。どうあっても連れて帰るつもりらしい。仕方ない、この人たちを森から出して、すぐさま戻ろう。

「もう！　じゃあ案内するからついてきて！　……お願い、ラピス！」

――分かったの！　森から一番早く出られる方向に案内するの！

地図魔法はあるけど、上空からナビをしてもらう方が簡単だ。方角を定めて真っ直ぐ歩くつもりだったらしいジョナスさんたちは、半信半疑でついてきた。

「……えーと」

オレは濁流《だくりゅう》を前に、生ぬるい視線を感じながら立ち尽くした。ラピスぅ～！　人間は飛べないんだよ？　ここを渡るのは無理だよ！　土魔法で橋を作るしかないかとため息を吐いたところで、ズドンと大地を震わせる音がした。

――ユータ、大丈夫、あっちに橋があるの！

何事かとサッとオレを囲んだ皆さんに申し訳なく思いつつ、上流の方を指さした。果たしてそこにはまだ青々とした大木が見事に川を横切り、即席の丸太橋になっていた。

「ほ、ほら、見て、あそこに橋があるよ！」

「……橋が『ある』ねえ……」

……どうして訝しげな視線を向けるの。オレはここにいたもの、完璧なアリバイでしょう？

これでもうトラブルはないと思いきや、オレたちはまた足を止めた。崖《がけ》沿いの道が崩れ、巨大な落石で塞がれている。上空から見れば些細な石でも、オレたちには大きな障害だ。

「ああ、確かにこの道は覚えている。君が案内を間違ったわけじゃない、仕方ないさ」

ジョナスさんが慰めるようにオレを撫でた。今度こそ土魔法の出番と思った時……。

高まる魔力を感じて咄嗟にシールドを張った。途端、目の前の大岩が爆発四散する。飛び散る細かな破片を防いで、オレは恨めしく上空を見つめた。あのね、ラピス。姿が見えなければいいってものじゃないんだよ……。

「……岩が爆発するなんて、この辺りは物騒だね」

えへ、と笑って誤魔化すと、一行はなんとも言えない顔でオレを見つめた。ですよね……さすがに、怪しいにもほどがある。いっそ堂々と土魔法を使った方がずっとマシだ。

だけどこの道を行けば、もうすぐ森の辺縁《へんえん》に出る。もうラピスが活躍する場所はないから、さすがにトラブルに見舞われることは――あったみたい。

「お、おい！　大丈夫か!?　お前ら手を貸せ！」

目の前の光景に、オレたちは慌てて駆け寄った。

辺り一面に崩れた土砂や落石が転がっている。そして、巻き込まれた複数人の呻き声が聞こえた。さっきの巨大な落石といい、ここら一帯が崩れていたらしい。

「オレがまとめて取り除くから！　ちょっと離れてて！」

「何言ってんだ！　危ねえからあっちへ――」

追い払おうとするゼノさんに構わず、ぺたりと地面に手をついた。レーダーを併用して……ちょっと難しいけど、このくらいの範囲ならなんとか！

結局土魔法を披露《ひろう》することになったなと思いつつ、ぐっと魔力を放出した。まずは、土砂！

ズゾゾッと地響きを立て、まるで見えない巨大な手が掻き分けるように土砂を端へ寄せていく。

次、落石！　ラピスみたいに破壊したら危ないので、直接手を触れ1つ1つ崩していく。ひとまず人命救助の邪魔になる分だけを除去して一息吐いた。

「お前、一体……」

「オレ、土魔法は得意なんだよ！　それと……回復魔法も、ね？」

ハッとしたゼノさんたちが、怪我人を1カ所へと集め始めた。全部で5、6人だろうか。これは力のないオレにはできないこと。そして、これは――オレにできること！

「大丈夫だよ、治るからね。回復するよ！」

冒険者さんなんだろう……みんな、強い。苦痛に呻き、脂汗を流しながら、決して目を閉じない。もしこの状況で魔物がやってきたら、きっと武器を取るのだろう。戦うために。その生きようとする意志の強さに、胸が熱くなった。

魔法なんていうすごいものがあるのに、命の軽い世界。こんなにも生きようとしているのに、叶《かな》わない世界。だけどそれは、地球にいた時と何か違うだろうか。

1つ違うのは、今オレには助けられる手段があるっていうこと。

「これで、全員だね？　もう大丈夫、だよ」

ほぼ全員が重傷者。数人とはいえ、効率の悪い生命魔法はやっぱり疲れる。ホッと安堵して微笑むと、足を投げ出して座り込んだ。今日はもう、回復屋さんは終わりにしよう。

「……あっ」

忘れていた。そう、今日は回復屋さんとして来ているんだった。だけど、さすがにさっきの待ったなしの状況で料金表は差し出せない。回復屋さん、割と難しいな……。

「あ、あの、これ返すね」

「……はあ？　お前何言ってんだ。馬鹿か」

ゼノさんの機嫌は果てしなく悪そうだ。差し出した銀貨の袋を受け取ることなく、射殺しそうな目でオレを睨んだ。

「だって、この人たちは無料で回復しちゃったし……」

「お前、ふざけんな。なんで無料なんだよ！　金じゃなきゃ何を払えっつうんだ」

どうして怒るの、返すって言ってるのに。途方に暮れるオレに、ジョナスさんが微笑んだ。

「おいで、一緒に話しに行こう。ゼノ、こんな小さい子に乱暴するんじゃない」

何のお話……？　こくりと頷くと、大きな手を握った。

「お、俺のどこが乱暴だよ!?　何もしてねえだろ！」

「顔。それに声。悪かったね、あれはああいう鳴き声なんだと思ってくれ」

ジョナスさんは背後からの怒りの声もどこ吹く風で、あんまりな物言いにくすくす笑った。

「どうだ、皆動けそうか？　暗くなると困る。俺たちはすぐにも発つが……」

集まって装備を確認していた冒険者さんが、振り向いてオレたちを見た。

「動けるも何も！　――っありがとう、本当にありがとう、生きていられるなんて……」

言葉が詰まって、その人はただお礼を言った。くしゃくしゃになった顔でオレの小さな手を握って。温かい手に、心からの微笑みが浮かんだ。この人が生きていることが、ただ嬉しい。

「どうやって礼をすればいい？　あいつらを見てくれ、足が、腕が……五体満足なんだぞ？今ここで渡せる分は知れてるが……。それなりの蓄えはある、足りない分は――」

矢継ぎ早な言葉に目を白黒させていると、ジョナスさんがスッと料金表を差し出した。

「は？　料金、表……？　……ぎんか、さんまい？」

どうしてみんな、そんなカタコトでお値段を言うのか。渡されてしまった料金表に、オレは肩身の狭い思いでジョナスさんの手を握った。

「そう。銀貨、３枚」

彼らは言い含めるように繰り返したジョナスさんを見て、オレを見て、料金表を見て――。

「――あの、ごめんなさい。ジョナスさんが怒られるなんて、思わなかったの」

しょんぼりしたオレに、ジョナスさんが苦笑してきゅっと手を握った。まさか、誤解を受けるなんて。怒り心頭の冒険者さんたちに説明するのは、なかなか大変だった。

「俺は思っていたけどな。分かったろう？　きちんと、働きに見合った額をもらうことだ。君が気に病むなら、値段を決めなければいい。まあ、不心得者《ふこころえ》もいるだろうがね」

オレが不当に働かされていると思った冒険者さんたちは、ジョナスさんたちが恩人でなければ、剣を抜いていたところだと苦笑していた。

「礼を受け取らなければ、恩を押しつけたままになる。貸しておくのも有効だが、金で払える分まで受け取らないのは、いいことかどうか微妙なところだな」

今はまだ幼いから勘ぐられることもないが。と付け足され、目を瞬いた。そうか、あげたつもりだったけれど、貸しになっているのか。

「感謝を向ける先を、作ってやれ。礼ぐらい、受け取らないとな？」

そっか……お礼なんだね。お金だと思うと、なぜか悪いことをしている気分だったけれど、お金ってお礼だ。お買い物だって、そういうことなんだ。食べ物をありがとう、作ってくれてありがとう、品物をありがとう。全部、お礼のやりとりだったんだな。そう思うと、今までよりずっと楽しくお買い物もできる気がする。

納得して微笑んだオレを、乱暴な腕がむんずと掴んで持ち上げた。

「…………」

な、なんだろう。目線まで持ち上げられたものの、何も言わないゼノさんに小首を傾げる。

「…………あり、がとう。……言いそびれた」

散々に逡巡して吐き出された小さな言葉に、オレの顔がふわっと緩むのが分かった。真正面でオレを睨んだキツイ瞳が、ゆらっと揺れて視線を逸らす。

「そんな……嬉しそうな顔するんじゃねえ！」

どうして!?　むすっとふてくされた顔に、とある漆黒の獣が重なって思わず笑った。

ちゃんと返してもらったから、オレはまた他の人に渡せる。そっか、あげてばっかりじゃ、なくなってしまうかもしれない。貸したものが返ってくるから、続けられるのかもしれない。

ありがとう、と微笑んだオレに、ゼノさんが訝しげな顔をした。ちゃんと、返したよ。だからまた、誰かにありがとうって言ってくれるだろうか。

だけどこれじゃ、お礼が終わらないかも。オレはおかしくなってくすくす笑った。

あとがき

セデス：うぉーん、ぐすっ。お、思い出したら泣けてきちゃって……。
ユータ：また〜。セデス兄さんってオレより泣き虫じゃない？　もふしらが９巻までできたんだから、泣かずにお祝いだよ？　手にとっていただいた皆様、本当にありがとう！
マリー：よがっだでずぅ〜。ユータ様のお姿をこの先も拝見することができる……。
アッゼ：俺も感謝しねえとな！　マリーちゃんのあんな姿を拝め――うおぉ!?
マリー：ユータ様、少々お待ちくださいね。１匹見つけた時点で叩いておきませんと……。
アッゼ：害虫!?　俺は増えねえよ！　待って、マリーちゃんちょっ……!?
モモ：一途なのにねえ。いつもいつも、余計なことを言うからじゃないかしら。
ラピス：でも、何も言わなくても攻撃はされるの。拳で語り合えばいいの。
セデス：それも違うような……。僕はよく、黙って笑っていればいいって言われるよ！
カロルス：はっは！　それは違いねえ！　口さえ閉じてりゃ見れんのによ。
セデス：なっ！　僕のは褒められてるんだよ！　笑顔がいいってね！
カロルス：どこがだ……。お前はいつまでたっても中身が変わらんな。
グレイ：まったくです、親子は似るものですから。

ガウロ：――お前、こんな残念親子のとこじゃなくて、ウチに来いよ（こそっ）
ユータ：わっ!?　やだやだ！　王都には行きたいけどガウロ様の所には行かないの！
カロルス：てめえ！　どさくさに紛れてユータ持って帰ろうとするんじゃねえ！
シロ：でも王都は今度行けるんでしょう？　ぼく楽しみだな！（キラキラした眼差し）
カロルス：うっ……。い、行けばいいんだろ！　そのうちな!!

今回は久々にユータがよく泣く巻でした。書き下ろしは、諸事情にてなんとか効率よく稼ごうとするユータのお話。回復術師として活動しようとしているみたいですが……？

無条件に人を助けるなんて普通はないとよく言われますが、本当にそうでしょうか？　目の前で痛そうに苦しむ人がいた時、例えそれが大嫌いな人でも、放置する人は普通はいないんじゃないでしょうか？　どうしよう、何とかしなきゃって思うはずだと信じています。

コミックの方も4巻が好評発売中です！　セデス兄さんの『アレ』が見られるのはコミックならでは！　ぜひご堪能ください。また、今までの書籍表紙の美麗ブロマイドや、ＱＲコードで読めた期間限定ＳＳが印刷できる企画が始動しております。ぜひお見逃しなく！

最後になりましたが、今回も素晴らしいイラストを描いてくださった戸部　淑先生、そして関わってくださった皆様へ、心より感謝申し上げます。

次世代型コンテンツポータルサイト

ツギクル https://www.tugikuru.jp/

「ツギクル」はWeb発クリエイターの活躍が珍しくなくなった流れを背景に、作家などを目指すクリエイターに最新のIT技術による環境を提供し、Web上での創作活動を支援するサービスです。

作品を投稿あるいは登録することで、アクセス数などの人気指標がランキングで表示されるほか、作品の構成要素、特徴、類似作品情報、文章の読みやすさなど、AIを活用した作品分析を行うことができます。

今後も登録作品からの書籍化を行っていく予定です。

ツギクルAI分析結果

「もふもふを知らなかったら人生の半分は無駄にしていた9」のジャンル構成は、ファンタジーに続いて、恋愛、SF、ミステリー、歴史・時代、ホラー、現代文学、青春の順番に要素が多い結果となりました。

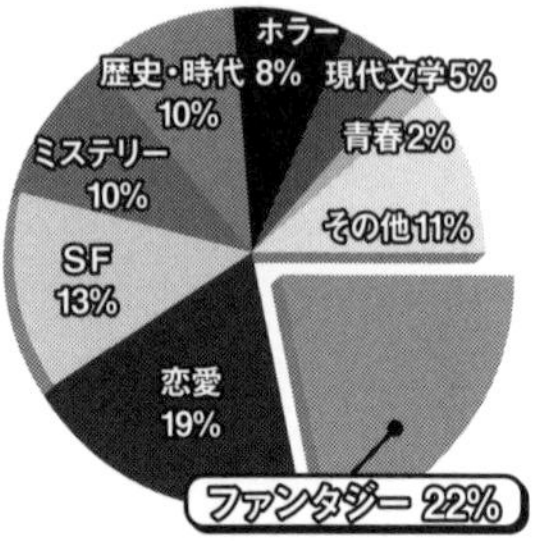

期間限定SS配信
「もふもふを知らなかったら人生の半分は無駄にしていた9」

右記のQRコードを読み込むと、「もふもふを知らなかったら人生の半分は無駄にしていた9」のスペシャルストーリーを楽しむことができます。ぜひアクセスしてください。
キャンペーン期間は2022年4月10日までとなっております。

2022年1月、最新10巻発売予定！
もふもふを知らなかったら人生の半分は無駄にしていた
1~9
著／ひつじのはね
イラスト／戸部淑
サイン入り！
クレジットカード対応
イラストのNFT販売のお知らせ
「もふもふを知らなかったら人生の半分は無駄にしていた」のイラストがNFT Studioに登場！
第7回 ネット小説大賞 受賞作！
KADOKAWA「ComicWalker」でコミカライズ好評連載中！
冒険あり、癒しあり、笑いあり、涙あり
もふもふたちに囲まれた異世界スローライフ！
定価1,320円（本体1,200円＋税10％）
ISBN978-4-8156-0334-2
ツギクルブックス
https://books.tugikuru.jp/

穢《けが》れた血だと追放された
魔力無限の精霊魔術士
著 冬月光輝《ふゆつきこうき》
イラスト てんまそ
コミカライズ企画進行中!
悪魔の刻印は最強の証!
私って、パワースポットだったんですか!?
名門エルロン家の長女リアナは、生まれつき右手に悪魔の刻印が刻まれていることで父親のギルドから追放されてしまう。途方に暮れながら隣国にたどり着いたリアナは、宮廷鑑定士と名乗る青年エルヴィンと出会い、右手の刻印が精霊たちの魔力を吸い込み周囲に分け与えているという事実が判明。父親のギルドはパワースポットとして有名だったが、実際のパワースポットの正体はリアナだったのだ。エルヴィンの紹介で入った王立ギルドで活躍すると、リアナの存在は大きな注目を集めるようになる。一方、パワースポットがいなくなった父親のギルドは、次々と依頼を失敗するようになり――。
穢れた血と蔑まされた精霊魔術士が魔力無限の力で活躍する冒険ファンタジー。
定価1,320円(本体1,200円+税10%)　ISBN978-4-8156-1041-8

ツギクルブックス
https://books.tugikuru.jp/

聖女にしか育てられない『乙女の百合』を見事咲かせたエルヴィラに対して、若き王、アレキサンデルは突然、「お前が育てていた『乙女の百合』は偽物だった！　この偽聖女め！」と言い放つ。同時に婚約破棄が言い渡され、新しい聖女の補佐を命ぜられた。
偽聖女として飼い殺しにされるのは、まっぴらごめん。
隣国の皇太子に誘われて、エルヴィラは国外に逃亡することを決意。
一方、エルヴィラがいなくなった国内では、次々と災害が起こり――

逃亡した聖女と恋愛奥手な皇太子による
異世界隣国ロマンスが、今はじまる！

1巻：定価1,320円（本体1,200円＋税10%）ISBN978-4-8156-0692-3
2巻：定価1,430円（本体1,300円＋税10%）ISBN978-4-8156-1315-0

ツギクルブックス　https://books.tugikuru.jp/

―奈落の底で生活して早三年、
当時『白魔道士』だった私は
『聖魔女』になっていた
著 tani
イラスト れんた
実を言うと私、3年ほど前から
ダンジョンの最下層で暮らしてます！
コミカライズ企画進行中！
幼馴染みで結成したパーティーから戦力外通告を受け、ダンジョン内で囮として取り残された白魔道士リリィ。強い魔物と遭遇して、命からがら逃げ延びるも奈落の底へ転落してしまう。
そこから早三年。『聖魔女』という謎の上位職業となったリリィは、奈落の底からの脱出を試みる。
これは周りから『聖女』と呼ばれ崇められたり、『魔女』と恐れられたりする、聖魔女リリィの冒険物語。
定価1,320円（本体1,200円＋税10%）
ISBN978-4-8156-1049-4
ツギクルブックス
https://books.tugikuru.jp/

コンビニでツギクルブックスの特典SSやブロマイドが購入できる!

famima PRINT

セブン-イレブン

まずは『もふもふを知らなかったら人生の半分は無駄にしていた』『異世界に転移したら山の中だった。反動で強さよりも快適さを選びました。』『嫌われたいの ～好色王の妃を全力で回避します～』が購入可能。ラインアップは、今後拡充していく予定です。

特典SS 80円(税込)から

ブロマイド 200円(税込)

「famima PRINT」の詳細はこちら

https://fp.famima.com/light_novels/tugikuru-x23xi

「セブンプリント」の詳細はこちら

https://www.sej.co.jp/products/bromide/tbbromide2106.html

ツギクルブックス

愛読者アンケートに回答してカバーイラストをダウンロード！

愛読者アンケートや本書に関するご意見、ひつじのはね先生、戸部淑先生へのファンレターは、下記のURLまたは右のQRコードよりアクセスしてください。

アンケートにご回答いただくとカバーイラストの画像データがダウンロードできますので、壁紙などでご使用ください。

https://books.tugikuru.jp/q/202110/mofushira9.html

本書は、「小説家になろう」（https://syosetu.com/）に掲載された作品を加筆・改稿のうえ書籍化したものです。

もふもふを知《し》らなかったら人生《じんせい》の半分《はんぶん》は無駄《むだ》にしていた9

2021年10月25日　初版第1刷発行

著者　ひつじのはね

発行人　宇草 亮
発行所　ツギクル株式会社
〒106-0032　東京都港区六本木2-4-5
TEL 03-5549-1184
発売元　SBクリエイティブ株式会社
〒106-0032　東京都港区六本木2-4-5
TEL 03-5549-1201

イラスト　戸部淑
装丁　AFTERGLOW

印刷・製本　中央精版印刷株式会社

定価はカバーに表示してあります。

乱丁本、落丁本はお取り替えいたします。

本書の内容を無断で複製・複写・放送・データ配信などをすることは、かたくお断りいたします。

©2021 Hitsujinohane
ISBN978-4-8156-1065-4
Printed in Japan